考試分數大躍進
累積實力
百萬考生見證
應考秘訣

5

根據日本國際交流基金考試相關概要

N5 合格全攻略！新日檢 6回全真模擬試題

解題本

讀解・聽力・言語知識【文字・語彙・文法】

山田社日檢題庫小組・吉松由美・田中陽子・西村惠子・大山和佳子・吳冠儀 合著

STS

前言はじめに

考試規則和答題技巧，有時比實力更重要，

您是否因為不熟悉日檢的考試形式，像裸著身體上「戰場」，而敗陣下來？您並不是能力不足，只是沒有通過模考熟練考試形式。

讓一本好的模考書，為您注入一針強心劑吧！

模擬考試是摸清考試規則，發現自己的盲點，檢討自己的弱點的最佳方法，也是從錯誤中修正自己K書方向的最佳教戰手冊。《合格全攻略！新日檢6回全真模擬試題N5》的「解題本」，以考試達人的思路，告訴您考試規則，引導您拆題、解題，澄清模糊的盲點、強化弱點。並道破各種命題陷阱，磨練您不怕敵誘、不輕易上當，一眼就能找出答案的犀利直覺！本書特色：

1. 如何猜出命題重點：

為掌握最新出題趨勢及命題重點，《合格全攻略！新日檢6回全真模擬試題N5》的出題日本老師，通通在日本長年持續追蹤最新日檢出題內容，以出題老師的立場，從日語學習的角度，完美地剖析新日檢的出題心理。而「解題本」將帶領您去思考新日檢中，最希望考生知道的重點為何？這樣就可以猜出命題重點在哪裡了。

2. 摸透出題法則，迅速找答案秘訣：

如何讓自己直搗黃龍，迅速破解答案，克敵致勝？只有摸透出題法則的模擬考題，再加上告訴您迅速找答案秘訣的「解題本」才是搶分關鍵。

例如：「日語漢字的發音難點、把老外考得七葷八素的漢字筆畫，都是熱門考點；如何根據句意確定詞，根據詞意確定字；如何正確把握詞義，如近義詞的區別，多義詞的辨識；能否辨別句間邏輯關係，相互呼應的關係；如何掌握固定搭配、約定成俗的慣用型，就能加快答題速度，提高準確度；

閱讀部分，如何先看題目所要的答案，帶著問題找答案；看題目所要的答案是什麼，抓住中心句和幾件事實的一兩個關鍵字，並把重點字圈起來；冗長文字用眼睛直接跳過，或用筆刪除；善用利用瀏覽和略讀的技巧，可讓妳省下不少的時間；出題順序一般與原文順序一致……等」。只有摸透出題法則，點出迅速找答案秘訣，合格證書才能輕鬆到手！

3. 做懂，做透，做爛，贏得高分：

為了幫您贏得高分，《合格全攻略！新日檢 6 回全真模擬試題 N5》分析並深度研究了舊制及新制的日檢考題，不管日檢考試變得多刁鑽，掌握了原理原則，就掌握了一切！

確實做完這 6 回真題，再搭配這冊「詳解解題本」，認真分析，用螢光筆標記答題狀況，拾漏補缺，記錄難點，來回修改，考卷用檔案夾進行分類，時常拿出來複習。也就是做懂，做透，做爛這 6 回。這樣，您必定對解題思路和技巧都能爛熟於心。而且，把真題的題型做透，其實考題就那幾種，掌握了就一切搞定了。

4. 相信自己，絕對合格：

有了良好的準備，最後，就剩下考試當天的心理調整了。不只要相信自己的實力，更要相信自己的運氣，心裡默唸「這個難度我一定沒問題」，您就「絕對合格」啦！

解說中的專有名詞

音讀（音読み／おんよみ、音読／おんどく）：指用中國傳入的唸法讀日文漢字，但由於漢字傳入日本的時代與地區不同，所以日語音讀常有兩種以上的讀法，而且與現今的中文唸法不一定相同。

訓讀（訓読み／くんよみ、訓読／くんどく）：依照詞意，以日本原有的語彙發音，來唸意思相同的漢字。一個漢字常有兩種以上的讀法。

連濁（連濁／れんだく）：兩組日語單詞結合後，後項詞彙的第一個清音會變濁音的情況。何時會產生連濁現象依日本人使用習慣而定，並沒有明確的規則。

假借字（当て字／あてじ）：原本無漢字表記的假名，將某個讀音相同的漢字，在不考慮該字原本意思的情況下，借來當作表記的字。

目錄もくじ

命題剖析

一、什麼是新日本語能力試驗呢

1. 新制「日語能力測驗」

從2010年起，將實施新制「日語能力測驗」（以下簡稱爲新制測驗）。

1－1　實施對象與目的

新制測驗與現行的日語能力測驗（以下簡稱爲舊制測驗）相同，原則上，實施對象爲非以日語作爲母語者。其目的在於，爲廣泛階層的學習與使用日語者舉行測驗，以及認證其日語能力。

1－2　改制的重點

此次改制的重點有以下四項：

1　測驗解決各種問題所需的語言溝通能力

新制測驗重視的是結合日語的相關知識，以及實際活用的日語能力。因此，擬針對以下兩項舉行測驗：一是文字、語彙、文法這三項語言知識；二是活用這些語言知識解決各種溝通問題的能力。

2　由四個級數增爲五個級數

新制測驗由舊制測驗的四個級數（1級、2級、3級、4級），增加爲五個級數（N1、N2、N3、N4、N5）。新制測驗與舊制測驗的級數對照，如下所示。最大的不同是在舊制測驗的2級與3級之間，新增了N3級數。

N1	難易度比舊制測驗的1級稍難。合格基準與舊制測驗幾乎相同。
N2	難易度與舊制測驗的2級幾乎相同。
N3	難易度介於舊制測驗的2級與3級之間。（新增）
N4	難易度與舊制測驗的3級幾乎相同。
N5	難易度與舊制測驗的4級幾乎相同。

「N」代表「Nihongo（日語）」以及「New（新的）」。

新制日檢的目的，是要把所學的單字、文法、句型…都加以活用喔。

3　施行「得分等化」

由於在不同時期實施的測驗，其試題均不相同，無論如何慎重出題，每次測驗的難易度總會有或多或少的差異。因此在新制測驗中，導入「等化」的計分方式後，便能將不同時期的測驗分數，於共同量尺上相互比較。因此，無論是在什麼時候接受測驗，只要是相同級數的測驗，其得分均可予以比較。目前□球幾種主要的語言測驗，均廣泛採用這種「得分等化」的計分方式。

喔～原來如此，學日語，就是要活用在生活上嘛！

4　提供「日語能力測驗Can-do List」（暫稱）作參考

爲了瞭解通過各級數測驗者的實際日語能力，新制測驗經過調查後，提供「日語能力測驗Can-do List」（暫稱）。本表列載通過測驗認證者的實際日語能力範例。希望通過測驗認證者本人以及其他人，皆可藉由本表更加具體明瞭測驗成績代表的意義。

1－3　所謂「解決各種問題所需的語言溝通能力」

我們在生活中會面對各式各樣的「問題」。例如，「看著地圖前往目的地」或是「讀著說明書使用電器用品」等等。種種問題有時需要語言的協助，有時候不需要。

爲了順利完成需要語言協助的問題，我們必須具備「語言知識」，例如文字、發音、語彙的相關知識、組合語詞成爲文章段落的文法知識、判斷串連文句的順序以便清楚說明的知識等等。此外，亦必須能配合當前的問題，擁有實際運用自己所具備的語言知識的能力。

舉個例子，我們來想一想關於「聽了氣象預報以後，得知東京明天的天氣」這個課題。想要「知道東京明天的天氣」，必須具備以下的知識：「晴れ（晴天）、くもり（陰天）、雨（雨天）」等代表天氣的語彙；「東京は明日は晴れでしょう（東京明日應是晴天）」的文句結構；還有，也要知道氣象預報的播報順序等。除此以外，尚須能從播報的各地氣象中，分辨出□一則是東京的天氣。

如上所述的「運用包含文字、語彙、文法的語言知識做語言溝通，進而具備解決各種問題所需的語言溝通能力」，在新制測驗中稱爲「解決各種問題所需的語言溝通能力」。

新制測驗將「解決各種問題所需的語言溝通能力」分成以下「語言知識」、「讀解」、「聽解」等三個項目做測驗。

語言知識	各種問題所需之日語的文字、語彙、文法的相關知識。
讀　解	運用語言知識以理解文字內容，具備解決各種問題所需的能力。
聽　解	運用語言知識以理解口語內容，具備解決各種問題所需的能力。

作答方式與舊制測驗相同，將多重選項的答案劃記於答案卡上。此外，並沒有直接測驗口語或書寫能力的科目。

Q&A

Q：新制日檢級數前的「N」是指什麼？

A：「N」指的是「New（新的）」跟「Nihongo（日語）」兩層意思。

2. 認證基準

新制測驗共分為N1、N2、N3、N4、N5五個級數。最容易的級數為N5，最困難的級數為N1。

與舊制測驗最大的不同，在於由四個級數增加為五個級數。以往有許多通過3級認證者常抱怨「遲遲無法取得2級認證」。為因應這種情況，於舊制測驗的2級與3級之間，新增了N3級數。

新制測驗級數的認證基準，如表1的「讀」與「聽」的語言動作所示。該表雖未明載，但應試者也必須具備為表現各語言動作所需的語言知識。

N4與N5主要是測驗應試者在教室習得的基礎日語的理解程度；N1與N2是測驗應試者於現實生活的廣泛情境下，對日語理解程度；至於新增的N3，則是介於N1與N2，以及N4與N5之間的「過渡」級數。關於各級數的「讀」與「聽」的具體題材（內容），請參照表1。

■ 表1　新「日語能力測驗」認證基準

<table>
<tr><td rowspan="4">↑
困難＊</td><td>級數</td><td>認證基準
各級數的認證基準，如以下【讀】與【聽】的語言動作所示。各級數亦必須具備爲表現各語言動作所需的語言知識。</td></tr>
<tr><td>N1</td><td>能理解在廣泛情境下所使用的日語
【讀】・可閱讀話題廣泛的報紙社論與評論等論述性較複雜及較抽象的文章，且能理解其文章結構與內容。
・可閱讀各種話題內容較具深度的讀物，且能理解其脈絡及詳細的表達意涵。
【聽】・在廣泛情境下，可聽懂常速且連貫的對話、新聞報導及講課，且能充分理解話題走向、內容、人物關係、以及說話內容的論述結構等，並確實掌握其大意。</td></tr>
<tr><td>N2</td><td>除日常生活所使用的日語之外，也能大致理解較廣泛情境下的日語
【讀】・可看懂報紙與雜誌所刊載的各類報導、解說、簡易評論等主旨明確的文章。
・可閱讀一般話題的讀物，並能理解其脈絡及表達意涵。
【聽】・除日常生活情境外，在大部分的情境下，可聽懂接近常速且連貫的對話與新聞報導，亦能理解其話題走向、內容、以及人物關係，並可掌握其大意。</td></tr>
<tr><td>N3</td><td>能大致理解日常生活所使用的日語
【讀】・可看懂與日常生活相關的具體內容的文章。
・可由報紙標題等，掌握概要的資訊。
・於日常生活情境下接觸難度稍高的文章，經換個方式敘述，即可理解其大意。
【聽】・在日常生活情境下，面對稍微接近常速且連貫的對話，經彙整談話的具體內容與人物關係等資訊後，即可大致理解。</td></tr>
<tr><td rowspan="2">＊容易
↓</td><td>N4</td><td>能理解基礎日語
【讀】・可看懂以基本語彙及漢字描述的貼近日常生活相關話題的文章。
【聽】・可大致聽懂速度較慢的日常會話。</td></tr>
<tr><td>N5</td><td>能大致理解基礎日語
【讀】・可看懂以平假名、片假名或一般日常生活使用的基本漢字所書寫的固定詞句、短文、以及文章。
【聽】・在課堂上或周遭等日常生活中常接觸的情境下，如爲速度較慢的簡短對話，可從中聽取必要資訊。</td></tr>
</table>

Q&A

Q：以前是4個級數，現在呢？

A：新制日檢改分為N1-N5。N3是新增的，程度介於舊制的2、3級之間。過去有許多考生反應，舊制2、3級層度落差太大，所以在這兩個級數之間，多設了一個N3的級數，您就想成是，準2級就行啦！

3. 測驗科目

新制測驗的測驗科目與測驗時間如表2所示。

■ 表2　測驗科目與測驗時間＊①

<table>
<tr><th>級數</th><th colspan="3">測驗科目
（測驗時間）</th><th></th><th></th></tr>
<tr><td>N1</td><td colspan="2">語言知識（文字、語彙、文法）、讀解
（110分）</td><td>聽解
（60分）</td><td>→</td><td rowspan="2">測驗科目為「語言知識（文字、語彙、文法）、讀解」；以及「聽解」共2科目。</td></tr>
<tr><td>N2</td><td colspan="2">語言知識（文字、語彙、文法）、讀解
（105分）</td><td>聽解
（50分）</td><td>→</td></tr>
<tr><td>N3</td><td>語言知識（文字、語彙）
（30分）</td><td>語言知識（文法）、讀解
（70分）</td><td>聽解
（40分）</td><td>→</td><td rowspan="3">測驗科目為「語言知識（文字、語彙）」；「語言知識（文法）、讀解」；以及「聽解」共3科目。</td></tr>
<tr><td>N4</td><td>語言知識（文字、語彙）
（30分）</td><td>語言知識（文法）、讀解
（60分）</td><td>聽解
（35分）</td><td>→</td></tr>
<tr><td>N5</td><td>語言知識（文字、語彙）
（25分）</td><td>語言知識（文法）、讀解
（50分）</td><td>聽解
（30分）</td><td>→</td></tr>
</table>

N1與N2的測驗科目為「語言知識（文字、語彙、文法）、讀解」以及「聽解」共2科目；N3、N4、N5的測驗科目為「語言知識（文字、語彙）」、「語言知識（文法）、讀解」、「聽解」共3科目。

由於N3、N4、N5的試題中，包含較少的漢字、語彙、以及文法項目，因此當與N1、N2測驗相同的「語言知識（文字、語彙、文法）、讀解」科目時，有時會使某幾道試題成為其他題目的提示。為避免這個情況，因此將「語言知識（文字、語彙、文法）、讀解」，分成「語言知識（文字、語彙）」和「語言知識（文法）、讀解」施測。

＊①聽解因測驗試題的錄音長度不同，致使測驗時間會有些許差異。

4. 測驗成績

4－1　量尺得分

舊制測驗的得分，答對的題數以「原始得分」呈現；相對的，新制測驗的得分以「量尺得分」呈現。

「量尺得分」是經過「等化」轉換後所得的分數。以下，本手冊將新制測驗的「量尺得分」，簡稱為「得分」。

4－2　測驗成績的呈現

新制測驗的測驗成績，如表3的計分科目所示。N1、N2、N3的計分科目分為「語言知識（文字、語彙、文法）」、「讀解」、以及「聽解」3項；N4、N5的計分科目分為「語言知識（文字、語彙、文法）、讀解」以及「聽解」2項。

會將N4、N5的「語言知識（文字、語彙、文法）」和「讀解」合併成一項，是因為在學習日語的基礎階段，「語言知識」與「讀解」方面的重疊性高，所以將「語言知識」與「讀解」合併計分，比較符合學習者於該階段的日語能力特徵。

■ 表3　各級數的計分科目及得分範圍

級數	計分科目	得分範圍
N1	語言知識（文字、語彙、文法） 讀解 聽解	0～60 0～60 0～60
	總分	0～180
N2	語言知識（文字、語彙、文法） 讀解 聽解	0～60 0～60 0～60
	總分	0～180
N3	語言知識（文字、語彙、文法） 讀解 聽解	0～60 0～60 0～60
	總分	0～180
N4	語言知識（文字、語彙、文法）、讀解 聽解	0～120 0～60
	總分	0～180
N5	語言知識（文字、語彙、文法）、讀解 聽解	0～120 0～60
	總分	0～180

各級數的得分範圍，如表3所示。N1、N2、N3的「語言知識（文字、語彙、文法）」、「讀解」、「聽解」的得分範圍各為0～60分，三項合計的總分範圍是0～180分。「語言知識（文字、語彙、文法）」、「讀解」、「聽解」各占總分的比例是1：1：1。

N4、N5的「語言知識（文字、語彙、文法）、讀解」的得分範圍爲0～120分，「聽解」的得分範圍爲0～60分，二項合計的總分範圍是0～180分。「語言知識（文字、語彙、文法）、讀解」與「聽解」各占總分的比例是2：1。還有，「語言知識（文字、語彙、文法）、讀解」的得分，不能拆解成「語言知識（文字、語彙、文法）」與「讀解」二項。

除此之外，在所有的級數中，「聽解」均占總分的三分之一，較舊制測驗的四分之一爲高。

N5　題型分析

測驗科目（測驗時間）		試題內容				
		題型			小題題數＊	分析
語言知識（25分）	文字、語彙	1	漢字讀音	◇	12	測驗漢字語彙的讀音。
		2	假名漢字寫法	◇	8	測驗平假名語彙的漢字及片假名的寫法。
		3	選擇文脈語彙	◇	10	測驗根據文脈選擇適切語彙。
		4	替換類義詞	○	5	測驗根據試題的語彙或說法，選擇類義詞或類義說法。
語言知識、讀解（50分）	文法	1	文句的文法1（文法形式判斷）	○	16	測驗辨別哪種文法形式符合文句內容。
		2	文句的文法2（文句組構）	◆	5	測驗是否能夠組織文法正確且文義通順的句子。
		3	文章段落的文法	◆	5	測驗辨別該文句有無符合文脈。
	讀解＊	4	理解內容（短文）	○	3	於讀完包含學習、生活、工作相關話題或情境等，約80字左右的撰寫平易的文章段落之後，測驗是否能夠理解其內容。
		5	理解內容（中文）	○	2	於讀完包含以日常話題或情境為題材等，約250字左右的撰寫平易的文章段落之後，測驗是否能夠理解其內容。

	讀解＊	6	釐整資訊	◆	1	測驗是否能夠從介紹或通知等，約250字左右的撰寫資訊題材中，找出所需的訊息。
聽解（30分）		1	理解問題	◇	7	於聽取完整的會話段落之後，測驗是否能夠理解其內容（於聽完解決問題所需的具體訊息之後，測驗是否能夠理解應當採取的下一個適切步驟）。
		2	理解重點	◇	6	於聽取完整的會話段落之後，測驗是否能夠理解其內容（依據剛才已聽過的提示，測驗是否能夠抓住應當聽取的重點）。
		3	適切話語	◆	5	測驗一面看圖示，一面聽取情境說明時，是否能夠選擇適切的話語。
		4	即時應答	◆	6	測驗於聽完簡短的詢問之後，是否能夠選擇適切的應答。

＊「小題題數」為每次測驗的約略題數，與實際測驗時的題數可能未盡相同。此外，亦有可能會變更小題題數。

＊有時在「讀解」科目中，同一段文章可能會有數道小題。

＊新制測驗與舊制測驗題型比較的符號標示：

◆	舊制測驗沒有出現過的嶄新題型。
◇	沿襲舊制測驗的題型，但是更動部分形式。
○	與舊制測驗一樣的題型。

JLPTN5

解答と解説

かいとう　かいせつ

STS

例

解答　1

題目翻譯　**有條大魚正在游泳。**

解說　像動詞、形容詞等有語尾活用變化的字，唸法通常是訓讀，「大きい」、「大きな」分別讀作「おおきい」、「おおきな」；「大」音讀則唸作「だい」，如「大学／だいがく（大學）」等。

1

解答　4

題目翻譯　**那間是我的公司。**

解說　「会」與「社」二字組合用音讀，合起來唸作「かいしゃ」。另外，「会う（見面）」用訓讀，讀作「あう」。請留意，「社」音讀是拗音「しゃ」，別唸成「しや」囉。

2

解答　2

題目翻譯　**請問你有幾個兄弟姊妹呢？**

解說　「何」訓讀是「なに」或「なん」，通常表示「多少」時，讀作「なん」（表示「什麼」時，則較常讀作「なに」）。「人」用在表示「人數」時，用音讀讀作「にん」；「人」字另一個音讀讀作「じん」，而訓讀讀作「ひと」。

3

解答　2

題目翻譯　**我今年夏天想去海邊。**

解說　「海」字單獨使用時要用訓讀，讀作「うみ」；音讀則唸作「かい」，如「海外／かいがい（國外）」等。請注意「海」右半部的寫法，跟中文「海」右半部的「毎」不同。

4

解答　1

題目翻譯　**請在房子外面稍等一下。**

解說　「外」字單獨使用時要用訓讀，唸作「そと」；音讀則唸作「がい」，如「外国／がいこく（外國）」等。

5

解答　3

題目翻譯　**我喜歡的科目是音樂。**

解說　「音」加上「楽」，合起來表示「音樂」的意思，用音讀，唸作「おんがく」。「音」字單獨使用時要用訓讀，讀作「おと」。「楽」字另一個音讀讀作「らく」，而「楽しい（開心的）」要用訓讀，讀作「たのしい」。

6

解答 4

題目翻譯 我家離車站很近。

解說 有語尾活用變化的字，唸法通常是訓讀，「近い」讀作「ちかい」；「近」音讀則唸作「きん」，如「近所／きんじょ（附近）」等。

7

解答 1

題目翻譯 皎潔的月亮出現在天空中。

解說 「月」表示「月亮」的意思，用訓讀，唸作「つき」；音讀讀作「がつ」或「げつ」。

8

解答 3

題目翻譯 我姊姊住在附近的城鎮裡。

解說 「町」表示「人潮聚集的城鎮」時用訓讀，唸作「まち」；表示地區行政單位時用訓讀「まち」，或用音讀，讀作「ちょう」。

9

解答 2

題目翻譯 下午會去散步。

解說 「午」與「後」合起來表示「下午」的意思，用音讀，唸作「ごご」；「後」的訓讀有「あと」、「うし（ろ）」等唸法。

10

解答 4

題目翻譯 我的哥哥也正在學日語。

解說 一般來說，「兄」表示「哥哥」的意思，用訓讀，唸作「あに」；「兄」音讀有「きょう」唸法，如「兄弟／きょうだい（兄弟姊妹）」等。

第1回（だいかい） 言語知識（文字・語彙）（げんごちしき もじ ごい） 問題2（もんだい） P18-19

例（れい）

解答 2

題目翻譯 我喜歡青色的花。

解說 「はな」是漢字「花」的訓讀，小心書寫「花」字時，上方草字頭的那一橫必須連起來。請注意，名詞「鼻（鼻子）」也用訓讀讀作「はな」。

11

解答	1
題目翻譯	**我今天也在游泳池裡游了泳。**
解說	「ぷ」母音是「u」，後接「う（u）」，必須讀作長音。請留意，長音的片假名表記橫寫是「ー」，直寫是「丨」，以及半濁音記號是在右上角打圈，而不是點點。

12

解答	2
題目翻譯	**因為忘了帶雨傘，感到不知如何是好。**
解說	這一動詞辭書形是「困る」，要用訓讀，讀作「こまる」。

13

解答	4
題目翻譯	**今天早上非常冷哦。**
解說	「さむい」是形容詞「寒い」的訓讀。其反義詞是「あつい／暑い（熱的）」，也一同記起來吧。

14

解答	2
題目翻譯	**大家要謹慎地用錢喔。**
解說	「かね」是漢字「金」的訓讀。從字形大致可以聯想出字義，但背單字時別把「かね」混淆成假名相似的「かわ／川（河川）」囉。

15

解答	3
題目翻譯	**從這個轉角往右拐過去就是圖書館了。**
解說	「みぎ」是漢字「右」的訓讀。其反義詞是「ひだり／左（左邊）」，也一同記起來吧。

16

解答	1
題目翻譯	**白色的花綻放了。**
解說	「しろい」是形容詞「白い」的訓讀。另外，作名詞是「しろ／白（白色）」。這個單字意思與中文相同，但背單字時別把「しろ」混淆成假名相似的「しる／知る（知道）」囉。

17

解答	4
題目翻譯	**今天向學校請假。**
解說	「やすむ」是動詞「休む」的訓讀。作名詞是「やすみ／休み（休息；休假）」。請注意，形容詞「安い（便宜的）」的「安」訓讀也讀作「やす」。

18

解　答	2
題目翻譯	鳥兒正在啼叫。
解　說	「なく」是動詞「鳴く」的訓讀。請注意，動詞「泣く（哭泣）」的「泣」訓讀也讀作「な」。

第1回 言語知識（文字・語彙） 問題3 P20-21

例

解　答	3		
題目翻譯	房間裡（有）一隻黑貓。		
選項翻譯	1 （無生命物和植物）有	2 哭泣；叫	
	3 （有生命的動物）有	4 購買	
解　說	用「～に～がいます」句型，表示某處存在某個有生命的人或動物。		

19

解　答	4			
題目翻譯	鞋店位於這家（百貨公司）的二樓。			
選項翻譯	1　公寓大廈	2　公寓	3　床	4　百貨公司
解　說	題目句描述鞋店在（ ）的二樓，由「みせ」可以對應到答案的「デパート」。			

20

解　答	2			
題目翻譯	由於已經累了，我們在這裡稍微（休息）一下（吧）。			
選項翻譯	1　快點吧	2　休息吧	3　排好吧	4　見面吧
解　說	「～ので」表示理由，所以可以從前項的「つかれた」，推出後項的「やすみましょう」。			

21

解　答	4			
題目翻譯	由於中午過後下雨了，所以向朋友（借了）把傘。			
選項翻譯	1　淋溼了	2　不借	3　撐了	4　借了
解　說	「～ので」表示因果關係。從前項「あめになりました」知道下了雨，因此推出後項是向朋友「かさをかりました」。			

22

解　答	1			
題目翻譯	由於天空陰沉沉的，使得屋子裡面跟著變（暗）了。			
選項翻譯	1　陰暗	2　明亮	3　骯髒	4　狹窄
解　說	「形容詞くて」可以表示原因。從「そらがくもって」知道由於天空轉陰的關係，導致屋子裡「くらくなりました」。「形容詞く＋なります」表示事物的變化。			

23

解答	3			
題目翻譯	這個暑假裡我讀了五（本）書。			
選項翻譯	1　支	2　張	3　本	4　個
解說	題目問的是量詞。在日語中，表示「ほん」的數量時，必須用「～さつ」。			

24

解答	2			
題目翻譯	這是去年在海邊（拍下）的照片。			
選項翻譯	1　附上	2　拍下	3　熄滅	4　繪製
解說	這一題關鍵是用動詞修飾名詞的句型「動詞＋名詞」。「しゃしんをとる」是「拍照」的意思，所以這裡的「とった」用來修飾「しゃしん」，意指「拍下的照片」。			

25

解答	1			
題目翻譯	這裡很熱，請把窗戶（打開）。			
選項翻譯	1　打開	2　熄滅	3　關閉	4　附上
解說	日語中，表示「開（門、窗等）」動詞用「あける」，「關（門、窗等）」則會用「しめる」。「～ので」表示理由，「～てください」用在請求、指示或命令某人做某事。從前項「あつい」的這個理由，推出後項的「まどをあけてください」。			

26

解答	3			
題目翻譯	好吵喔。各位，請稍微（安靜）一點。			
選項翻譯	1　朝氣	2　陰暗	3　安靜	4　明亮
解說	「～てください」用在請求、指示或命令某人做某事。由前句的「うるさい」，可以知道後項的請求指令應該是「しずか」。「形容動詞に＋します」表示由人為意圖的施加作用，而產生的事物變化。			

27

解答	1			
題目翻譯	盒子裡裝有（四個）糕餅。			
選項翻譯	1　四個	2　七個	3　八個	4　三個
解說	題目問的是數量。插圖中，盒子裡的糕點有四塊，因此答案是「よっつ」。			

28

解答	4			
題目翻譯	提包就擺在圓凳子的（上面）。			
選項翻譯	1　下面	2　旁邊	3　前面	4　上面
解說	用「～は～にあります」句型，表示某物在某處。插圖中，提包在圓凳子的上面，因此答案是「うえ」。			

第1回 言語知識（文字・語彙） 問題4 P22-23

例

解答 1

題目翻譯 那部電影很無聊。

選項翻譯

1 那部電影並不有趣。　2 那部電影很有意思。

3 那部電影很有趣。　4 那部電影很安靜。

解說 這一題的解題關鍵字「つまらなかった」，是「つまらない」的過去式。選項中的「おもしろくなかった」，是「おもしろい」的過去否定形，意思等於「つまらなかった」。

29

解答 2

題目翻譯 每天早上都去公園散步。

選項翻譯

1 今天早上去公園散步了。　2 早上總是去公園散步。

3 早上有時會去公園散步。　4 早上和晚上會去公園散步。

解說 「まいあさ」是解題關鍵，意思等於「あさはいつも～」。當題目要求挑選意思相近的句子時，「まいにち（每天）」、「まいばん（每晚）」等字常常與「いつも」對應。另外，請留意「ときどき（有時）」、「たいてい（大都）」等副詞的意思。

30

解答 3

題目翻譯 白色的門就是入口。請從那裡進來。

選項翻譯

1 入口處有一道門。　2 如果從白色的門進來，那裡就有入口。

3 請從白色的門進來。　4 請從入口處那道白色的門出去。

解說 這一題句子比較長，但解題關鍵是「そこ」的用法。「そこ」中文可以翻成「那裡」，是場所指示代名詞，在這裡指前項的「しろいドア」。

31

解答 4

題目翻譯 這件衣服並不貴。

選項翻譯

1 這件衣服原本很無趣。　2 這件衣服很低。

3 這件衣服非常昂貴。　4 這件衣服很便宜。

解說 「たかくなかった」為解題關鍵，是「たかい」的過去否定形。由前項的「ふく」，知道這邊的「たかい」是指價錢，而選項中的「やすかった」，是「やすい」的過去式，表示價錢便宜，意思等於「たかくなかった」。

32

解答	2
題目翻譯	前天我在街上遇到了老師。
選項翻譯	1 昨天我在街上遇到了老師。 2 兩天前我在街上遇到了老師。 3 去年我在街上遇到了老師。 4 前年我在街上遇到了老師。
解說	這一題的解題關鍵字是「おととい」，意思等於「ふつかまえ」。

33

解答	3
題目翻譯	請告訴我廁所的位置。
選項翻譯	1 請告訴我放肥皂的位置。 2 請告訴我廚房的位置。 3 請告訴我洗手間的位置。 4 請告訴我餐廳的位置。
解說	這一題的解題關鍵字是「トイレ」，同義字是選項3的「おてあらい」。

第1回（だい かい） 言語知識（文法）（げんごちしき ぶんぽう） 問題1（もんだい） P24-26

例（れい）

解答	1
題目翻譯	這（是）我的傘。
解說	用「～は～です」表示對主題（說話者與聽話者皆知道的話題）的斷定或說明。

1

解答	4
題目翻譯	（在）門的前面看到了一隻可愛的狗。
解說	表示「かわいい犬を見ました」這件事發生的場所時，用格助詞「で」。

2

解答	3
題目翻譯	天氣很熱，所以戴上了帽子。
解說	「ぼうしをかぶる」是「戴帽子」的意思。「を」前項的名詞，是後項他動詞的目的語。

3

解答	4
題目翻譯	中野「內田先生您昨天做了什麼事呢？」 內田「去看了電影。」
解說	當述部（對主語的陳述）出現疑問詞時，會用副助詞「は」。這句話的主語是「內田さん」，述部是「きのうなにをしましたか」，由兩者關係可以解出答案。

4

解答 1

題目翻譯 **媽媽「把架子上面的餅乾吃掉的人是你嗎？」**

孩子「對。是我吃掉的。對不起。」

解說 當要強調主語（動作、形容等事態的主詞）時，會用格助詞「が」。「が」在這句話中，強調是「わたし」吃了架子上的點心。

5

解答 3

題目翻譯 **昨天我（和）朋友去了公園。**

解說 用句型「對象＋と」，表示跟某人一起去做某事。常搭配「いっしょに（一起）」使用，如題目句可以改成「友だちといっしょにこうえんにいきました」。

6

解答 4

題目翻譯 **請沿著車站前面那條路（往）東邊走。**

解說 表示動作、行為的方向，可以用格助詞「へ」或「に」，但這一題的選項只出現「へ」，因此答案是4。

7

解答 3

題目翻譯 **老師「這把紅色的傘是田中同學（的）嗎？」**

田中「是的，沒錯。」

解說 準體助詞「の」後面可以省略前面出現過名詞，來避免一再重複。題目句的「田中さんの」原本是「田中さんのかさ」，在這裡省略掉了後面的「かさ」。

8

解答 1

題目翻譯 **A「你想去外國的什麼地方呢？」**

B「瑞士。」

解說 表示行為的目的地，可以用格助詞「に」。考慮到「どこ」跟「いきたい」的關係，可以解出答案。

9

解答 2

題目翻譯 **我爸爸（比）我媽媽還要小三歲。**

解說 句型「～は～より」表示對兩件性質相同的事物進行比較後，前者較符合後項的性質或狀態，中文可以翻譯成「…比…」。

文法 1 2 3 4 5 6 CHECK 1 2 3

10

解答 4

題目翻譯 **這是（從）北海道寄來的魚。**

解說 表示事物的來源地，可以用「起點＋から」，是「從…」的意思。句型「～てくる」表示動作由遠而近，向說話人的位置、時間點靠近，中文可以翻譯成「…來」。

11

解答 2

題目翻譯 **A「請問沖繩也會下雪嗎？」**

B「雖然曾經下雪，但幾乎（不下）。」

解說 由關鍵字「あまり」推測出後接「ふります」的否定「ふりません」。句型「あまり＋否定」表示「不太…」。

12

解答 1

題目翻譯 **A「有好多魚在游喔。」**

B「是呀。（大概）有五十條魚左右吧。」

解說 表示無法預估確切數量的時候，可以用「～ぐらい／くらい」，「大概、左右」的意思。這一題答案可以對應到句尾，表示推測語氣的「～でしょう（…吧）」。

13

解答 3

題目翻譯 **A「剛才房間裡有誰在嗎？」**

B「沒有，（誰也）不在。」

解說 用句型「疑問詞＋も＋否定」，表示全面否定，中文可以翻譯成「也（不）…」。這一題答案可以對應到後面的「いませんでした」。「いる」用在有生命的人或動物等，所以這裡不可以選用來問何物的「どれも」。

14

解答 2

題目翻譯 **A「你喜歡那個人的（什麼）地方呢？」**

B「他非常堅強。」

解說 「どんな」後接名詞，用在詢問人事物的種類、內容，中文可以翻譯成「什麼樣的…」。小心別看到「ところ」，就以為在問地點，「ところ」在這邊指的是「その人」的特質。

15

解答 1

題目翻譯 **老師「你昨天為什麼沒來上學呢？」**

學生「（因為）我肚子痛。」

解說 「～から」表示原因，一般用在說話人出於個人主觀理由，是種較強烈的意志性表達。因此，「から」前項的「おなかがいたかった」，是學生沒去上學理由。

16

解　答　3

題目翻譯　**（通電話）**

山田「敝姓山田，請問您那裡（有）一位田上先生（嗎）？」

田上「您好，我就是田上。」

解　說　表示某人（或動物）的存在，用「います」。日語的電話應對中，想詢問某人在不在，常用「そちらに＋人名（は）＋いますか／人名（は）＋そちらに＋いますか」，助詞「は」在口語中常被省略。

第1回（だい かい）　言語知識（文法）（げんごちしき ぶんぽう）　問題2（もんだい）　P27-28

問題例（もんだいれい）

解　答　1

正確語順　A「こうばんは　どこですか。」

題目翻譯　**A「請問派出所在哪裡呢？」**

B「就在那個巷口轉過去那邊。」

解　說　由B的回答，知道A在問某事物的位置，表示「…在哪裡？」用「～はどこですか」的句型，所以推出★處應該要填入「どこ」。

17

解　答　4

正確語順　客（きゃく）「ハンカチの　みせは　なんがいですか。」

題目翻譯　**（在百貨公司裡）**

顧客「請問賣手帕的店在幾樓呢？」

員工「在二樓。」

解　說　由「店の人」的回答，知道「客」在問某事物的樓層位置，表示「…在幾樓？」用「～はなんがいですか」的句型，因此★處是「なんがい」。

18

解　答　3

正確語順　A「きのうは　なんじに　家（いえ）を　出（で）ましたか。」

題目翻譯　**（在店裡）**

A「昨天你是幾點離開家門的呢？」

B「九點半。」

解　說　表示幾點、星期幾、幾月幾日等時間點時，用格助詞「に」，知道「に」接在「なんじ」後。又，表示動作離開的出發點、起點，用格助詞「を」，知道「家」、「出ました」、「を」正確順序是「家を出ました」，可以推出★處應該要填入「を」。

19

解答　2

正確語順　この　へやは　とても　ひろくて　しずかですね。

題目翻譯　**這個房間非常寬敞並且安靜呢。**

解說　形容詞和形容動詞並列時，可以用「形容詞詞幹くて＋形容動詞」或「形容動詞で＋形容詞」的句型，知道「て」、「ひろく」、「しずか」正確順序是「ひろくてしずか」。又，由句型「～は～です」推測出「です」放第四格，因此★處是２。

20

解答　3

正確語順　客（きゃく）「かんたんな　えいごの　本（ほん）を　さがして　います。」

題目翻譯　**（在書店裡）**

店員「請問您在找哪本書嗎？」

顧客「我在找淺顯易懂的英文書。」

解說　這題可以由後往前推，「さがす」是他動詞，前接的目的語必須搭配「を」。再從前項問句來看，可以推測「さがして」前面接的目的語是「本」，所以第三、四格合併後就是「本を」。保險起見，來確定句子完整的語順吧。由「店員」的提問，可以推測「客」的回答大概會是描述某種類型的書。所以從「かんたん」到第二格，應該是對「本」的形容。由於「かんたん」是形容動詞，可以推測「な」是其詞尾。又，「えいごの」放在第二格時，句意及文法都沒有問題，因此★處確定填入「本」。

21

解答　3

正確語順　B「犬（いぬ）と　ねこが　いますよ。」

題目翻譯　**A「你家裡養了哪些寵物呢？」**

B「有狗和貓喔。」

解說　用句型「～に～がいます」，表示某處存在有生命的人或動物。「ペット（寵物）」這個單字對N5而言或許有點難，但選項中出現「犬」、「ねこ」，可以推測跟動物有關。又，A已提到某處是家裡，所以B不再重提「ペット」存在的場所，直接回答「～がいますよ」，得出第三、四格合併後就是「ねこがいます」。表示事物的並列，會用「と」連接兩者，可以推出「犬」跟「ねこ」中間，應該要填入「と」，因此★處是３。另外，關於A句的「には」，格助詞「に」後接「は」，有特別提出格助詞前項名詞的作用。

文章翻譯

在日本留學的學生以〈我和電腦〉為題名寫了一篇文章，並且在班上同學的面前誦讀給大家聽。

我每天都在家裡使用電腦。需要查詢資料時，電腦非常便利。

要外出的時候，可以先查到應該在哪個車站搭電車或地鐵，或者是店家的位置。

我們留學生對日本的交通道路不太熟悉，所以如果沒有電腦，實在非常傷腦筋。

22

解答 1

選項翻譯 1 便利　2 昂貴　3 便宜　4 溫和

解說 或許在解題時不懂什麼是「パソコン」和「しらべる」，不過，在第二段裡舉出了「しらべる」的具體範例，應該多多少少可以推測出其語意。如此一來，接著就能夠推理出「パソコン」是可以用來查詢資料的工具，進而了解題目想問的是對於其利用價值的評價，因此符合條件的就是選項1。此外，可以看出第22題和第26題是以對比方式呈現，所以可以把第22題和第26題的選項拿來比較推論。還有，「ぬるい」這個單字對N5來說有點難，現在還不需要記起來。

23

解答 2

選項翻譯 1 在學校　2 在車站　3 在商店　4 在街上

解說 「電車や地下鉄に乗る」的地點是「えき」。以漢字書寫的選項1和3，應該立刻就能看出其不同處吧。假如沒有正確記得單詞的意義，或許會在選項2和4之間難以抉擇。由於N5測驗出現平假名的比率較高，必須要能正確記得每一個單詞的語意，而不能仰賴漢字加以推測，這和提高聽力也有幫助。

24

解答 4

解說 用句型「動詞たり、動詞たりします」，可以表示動作並列，意指從幾個動作之中，例舉出兩、三個有代表性的，並暗示還有其他的。由前面的「しらべたり」，可以對應到答案。

25

解答 3

選項翻譯 1 熟悉　2 不教導　3 不熟悉　4 正在走路

解說 由於前面有「あまり」，因此後面應該要接「～ない」。「あまり～ない」表示程度並不高，再加上前面的「留学生は」，空格填入選項3語意才通順。

26

解答 4

選項翻譯 1 困難　2 安靜　3 良好　4 傷腦筋

解說 「～ので」表示理由，所以可以從前項的「日本のまちをあまりしらない」，推出答案。此外，與第22題呈對比的敘述方式，也可以納入作答時的考量。

讀解
1
2
3
4
5
6
CHECK 1 2 3

27

解　答	1

文章翻譯　(1)

我今天在媽媽按部就班的指導之下做了鬆餅。因為上星期我自己一個做的時候，沒有做得很成功。今天做得很好，爸爸也邊吃邊稱讚說很好吃。

題目翻譯　「我」今天做了什麼呢？

選項翻譯
1　在媽媽的指導下做了鬆餅。
2　自己一個人做了鬆餅。
3　和爸爸一起做了鬆餅。
4　向爸爸學了鬆餅的製作方法。

解　說　(1)的文章是由三個句子所組合而成的。選項1符合第一句的內容。像「もらって」這樣的「動詞＋て」的句型，可以運用在各種情況中，這裡是用於表示後半段的方法或手段。第一句中的「もらいながら」表示複數動作的同時進行，雖然和「もらって」不同，但說的其實是近似的意思。由於鬆餅是和媽媽一起做的，因此選項2和3是錯的。此外，做法是媽媽教的，因此選項4也是錯的。

28

解　答	2

文章翻譯　(2)

我家的位置是沿著車站前面那條寬敞的道路直走，在花店那個巷口往右轉就到了。就是和花店隔四棟的那個白色建築。

題目翻譯　「我」家是哪一個呢？

解　說　由於在「花やのかど」轉彎，因此選項3和4不同。用來描述轉彎方向的「みぎ」和「ひだり」是基本語彙，一定要記起來才行，不過就算不知道「みぎにまがったところ」，只要知道「4けん先の白いたてもの」裡面的「4」或「白い」，應該就能選出正確答案了吧。

29

解　答	3

文章翻譯　(3)

關於明天的健行，老師交代了以下的事項。

明天要去健行的人，請在早上九點之前到學校。如果有人前一天晚上生病了，沒辦法參加健行，請在早上七點之前打電話告訴老師。

還有，萬一明天因為下雨而取消健行，老師會在早上六點之前打電話通知大家。

題目翻譯　假如前一天晚上生病了，沒辦法參加健行的話，該如何處理呢？

選項翻譯 1 在早上六點之前打電話告訴老師。

2 在早上八點之前寄電子郵件告訴老師。

3 在早上七點之前打電話告訴老師。

4 在晚上九點之前打電話告訴老師。

解　說 題目裡的「前の日に～ときは」，相當於文章裡第二至三行的「前の日に～人は」。因此，「どうしますか」的回答就是接下來的「朝の７時までに～」。

第1回（だいかい） 讀解（どっかい） 問題5（もんだい） P33

文章翻譯

星期六從傍晚開始下起雪了。

我居住的*九州地區很少下雪。由於我是第一次看到下這麼多雪，所以非常開心。

天空暗了下來，*不斷地飄著潔白的雪花，那景象實在美極了。我在窗前望著雪看了好久，直到十二點左右才入睡。

在星期天早上七點左右，一陣「唰唰」聲響讓我醒了過來。雪已經停了。媽媽正在門外*剷雪。原本因為星期天我不必去上課，想要多睡一點，但我還是起床剷雪了。

附近的孩子們玩雪玩得很開心。

＊九州：位於日本南方的島嶼。

＊不斷地：在一件事或物之後，同樣的事物接連而來。

＊剷雪：把積雪集中到道路左右兩旁，做出可通行的路。

30

解　答 4

題目翻譯 「我」為什麼感到很開心呢？

選項翻譯 1 因為星期六的傍晚積了雪

2 因為下雪的景象非常美

3 因為第一次看到雪

4 因為第一次看到這麼多雪

解　說 既然出現了「どうして」，那麼在附近的語句中尋找陳述「～ので」或「～から」這類解釋理由的部分即可。結果就在下加底線語句的前方找到「こんなに～見たので」了。選項４的敘述和這段話幾乎完全相同。再來看看可能會有問題的選項３，在文章中，從「雪はあまりふりません」的敘述可以知道，這裡是頭一次下大雪，但並不是從來都不下雪。

31

解　答	3

題目翻譯　「我」在星期天的早晨做了什麼事呢？

選項翻譯

1　七點起床後去上了課。　　2　和孩子們一起玩了雪。

3　清晨醒來後去剷了雪。　　4　走過在積雪的街道上。

解　說　選項３和「日曜日の朝７時ごろ～」的段落相互對應。

だい　かい 第１回　どっかい 讀解　もんだい 問題６　P34

圖書館相關規則

○　開放時間　　上午九點至下午七點

○　休館日　　每週一

＊此外，每月 30 號（ 2 月為 28 號）是休館日。

○　每人每次限借閱三冊。

○　借閱期限為三星期。

＊假如三星期後的到期日恰為圖書館的休館日，請於隔天之前歸還。

32

解　答	4

題目翻譯　田中先生在三月九號星期天借了三本書。

請問他在幾月幾號之前要歸還呢？

選項翻譯

1　三月二十三號。　　2　三月三十號。

3　三月三十一號。　　4　四月一號。

解　說　借書的日期是三月九日星期天，可以借閱的期間是三個星期，因此只要在三十日歸還即可。但是「毎月 30 日は、お休みです」以及「３週間あとの日が図書館の休みの日のときは、その次の日までにかえしてください」，於是順延到三十一日。不過，三十一日是星期一，不巧又遇上休館日，因此只要在四月一日之前還書就可以了。

例

解答 3

聽解內文

動物園で、先生と生徒が話しています。この生徒は、このあと、どの動物を見に行きますか。

M：岡田さんは、ゾウとキリンが好きなんですか。

F：はい。でも、いちばん好きなのはパンダです。

M：ほかのみんなは、アライグマのところにいますよ。いっしょに行きませんか。

F：はい、行きましょう。

この生徒は、このあと、どの動物を見に行きますか。

聽解翻譯

老師和學生正在動物園裡交談。請問這位學生在談話結束後，會去看哪種動物呢？

M：岡田同學喜歡大象和長頸鹿嗎？

F：我喜歡。不過，最喜歡的是貓熊。

M：其他同學都去浣熊那邊囉，要不要一起去呢？

F：好的，我們一起去吧！

請問這位學生在談話結束後，會去看哪種動物呢？

解說

老師提議浣熊那區「いっしょに行きませんか」，學生也贊同，所以之後去看的動物是浣熊。

1

解答 4

聽解內文

靴屋で、女の人と店の人が話しています。女の人は、どの靴を買いますか。

F：子どもの靴を買いたいのですが、ありますか。

M：女の子の靴ですか。男の子の靴ですか。

F：女の子の黒い革の靴で、サイズは22センチです。

M：上のと下ので、どちらがいいですか。

F：そうですね、下のがいいです。

女の人は、どの靴を買いますか。

聽解翻譯

女士和店員正在鞋店裡交談。請問這位女士會買哪雙鞋呢？

F：我想買兒童鞋，這裡有嗎？

M：要買小女孩的鞋，還是小男孩的鞋呢？

F：小女孩的黑色皮鞋，尺寸是二十二公分。

M：請問上面這雙和下面這雙，您比較喜歡哪一雙呢？

F：我看看喔……，下面的比較好。

請問這位女士會買哪雙鞋呢？

解　說　請用刪除法找出正確答案。單單只有「女の子の」還沒辦法刪掉任何一個選項。因為提到「黒い革の靴」，所以可以去掉選項２和３。「22 センチ」對解答沒有幫助。剩下的只有選項１和４，因為有「下のがいい」，所以答案是４。另外，「サイズ」這個單字對 N5 來說有點難，但在這一題就算不知道它的意思也能解題。

2

解　答　3

聽解內文　病院で、医者と男の人が話しています。男の人は、１日に何回薬を飲みますか。

F：この薬は、食事の後飲んでくださいね。

M：３度の食事の後、必ず飲むのですか。

F：そうです。朝と昼と夜の食事のあとに飲むのです。１週間分出しますので、忘れないで飲んでくださいね。

M：わかりました。

男の人は、１日に何回薬を飲みますか。

聽解翻譯　醫師和男士正在醫院裡交談。請問這位男士一天該服用幾次藥呢？

F：這種藥請在飯後服用喔。

M：請問是三餐飯後一定要服用嗎？

F：是的。早餐、中餐和晚餐之後服用。這裡開的是一星期的分量，請別忘了要按時服用喔！

M：我知道了。

請問這位男士一天該服用幾次藥呢？

選項翻譯　1　一次　　2　兩次　　3　三次　　4　四次

解　說　因為提到「３度の食事の後」和「朝と昼と夜の食事の後」，所以是一天三次。

3

解　答　4

聽解內文　デパートの傘の店で、女の人と店の人が話しています。店の人は、どの傘を取りますか。

F：すみません。そのたなの上の傘を見せてください。

M：長い傘ですか。それとも短い傘ですか。

F：長い、花の絵のついている傘です。

M：あ、これですね。どうぞ。

店の人は、どの傘を取りますか。

聽解翻譯　女士和店員正在百貨公司的傘店裡交談。請問店員該拿哪一把傘呢？

F：不好意思，我想看架子上面的那把傘。

M：是長柄傘嗎？還是短柄傘呢？

F：長的、有花樣的那一把。

M：喔，是這一把吧？請慢慢看。

請問店員該拿哪一把傘呢？

解說　符合「長い」條件的選項有１、２、４。符合「花の絵のついている傘」條件選項的是３、４。兩個條件都符合的只有４。

4

解答　4

聽解內文　男の人と女の人が話しています。二人は、駅まで何で行きますか。

M：もう時間がありませんよ。急ぎましょう。駅まで歩いて30分かかるんですよ。

F：電車の時間まで、あと何分ありますか。

M：30分しかありません。

F：では、バスで行きませんか。

M：あ、ちょうどタクシーが来ました。

F：乗りましょう。

二人は、駅まで何で行きますか。

聽解翻譯　男士和女士正在交談。請問他們兩人會使用什麼方式前往車站呢？

M：時間要來不及囉，我們得快點了！還得花三十分鐘走到車站哩！

F：距離電車發車的時間，還有幾分鐘呢？

M：只剩下三十分鐘了。

F：那麼，搭巴士去吧！

M：啊，剛好有一輛計程車過來了！

F：那搭這輛車吧！

請問他們兩人會使用什麼方式前往車站呢？

選項翻譯　1　步行前往　2　搭電車前往　3　搭巴士前往　4　搭計程車前往

解說　因為有「ちょうどタクシーが来ました」和「乗りましょう」，所以兩人搭的是計程車。

5

解答　4

聽解內文　バスの中で、旅行会社の人が客に話しています。客は、ホテルに着いてから、初めに何をしますか。

M：みなさま、今日は遅くまでおつかれさまでした。もうすぐホテルに着きます。ホテルでは、まず、フロントで鍵をもらってお部屋に入ってください。7時にレストランで食事をしますので、それまで、お部屋で休んでください。明日は10時にバスが出発しますので、それまでに買い物などをして、フロントにあつまってください。

客は、ホテルに着いてから、初めに何をしますか。

聽解翻譯　旅行社的員工正在巴士裡對著顧客們說話。請問顧客們抵達旅館之後，首先要做什麼事呢？

M：各位貴賓，今天行程走到這麼晚，辛苦大家了！我們即將抵達旅館了。到了旅館以後，請先在櫃臺領取鑰匙進去房間。我們安排於七點在餐廳用餐，在用餐前請在房間裡休息。明天十點巴士就要出發，要購物的貴賓請在出發前買完東西，然後到櫃臺集合。

請問顧客們抵達旅館之後，首先要做什麼事呢？

解　說　因為提到「まず、フロントで鍵をもらってお部屋に入ってください」，所以最先要做的事情是 4。雖然「フロント」這個單字對 N5 來說有點難，不過到了飯店首先要做的事情屬於一般常識，再加上「まず」、「鍵」這些單字，應該就能選出正確答案。為了以防萬一，再來確認一下其他的選項，選項 1 是今晚七點之後要做的事，選項 2 是在選項 1 之前要做的事，選項 3 是明天十點為止要做的事。

6

解　答　4

聽解內文　男の学生と女の学生が話しています。女の学生は、どんな部屋にするつもりですか。

M：本だなと机といす一つしかないから、広い部屋ですね。

F：はい。机の上も、広い方がいいので、パソコンしかおいていないんです。

M：でも、本を床におかない方がいいですよ。

F：そうですね。次の日曜日、大きい本だなを買いに行きます。

女の学生は、どんな部屋にするつもりですか。

聽解翻譯　男學生和女學生正在交談。請問這位女學生想要把房間打造成什麼樣子呢？

M：房間裡只有一個書架、一張書桌還有一把椅子，看起來好寬敞啊！

F：對呀。我也想讓桌面盡量寬敞一點，所以桌上只擺了一台電腦而已。

M：可是書本不要擺在地板上比較好吧？

F：是呀。下個星期天，我會去買大書架的。

請問這位女學生想要把房間打造成什麼樣子呢？

解　說　請用刪除法找出正確答案。首先，因為是「本だなと机といす一つしかない」的房間，所以不考慮選項 2。其次又說，桌上「パソコンしかおいていない」，或許會不知道「パソコン」這個字的意思，不過，放了各種物品的桌子是不正確的，所以刪掉選項 3。接著，因為有「本を床におかない方がいい」，所以現在的房間是選項 1 的狀態。就算不知道「床」是什麼，從「次の日曜日、大きい本だなを買いに行きます」也可以知道，現在沒有大書架。但是，問題問的並不是現在的房間，而是問之後的「つもり」，所以答案是 4。

7

解　答　3

聽解內文

男の人と女の人が話しています。男の人は、来週、何をしますか。

M：来週、お誕生日ですね。ほしいものは何ですか。プレゼントします。

F：ありがとうございます。でも、うちがせまいので、何もいりません。

M：傘はどうですか。それとも、新しい服は？

F：傘は、去年買った黒いのがあります。服も、けっこうです。

M：それじゃ、いっしょに夕ご飯を食べに行きませんか。

F：ええ、では、天ぷらはどうですか。

M：天ぷらはわたしも好きですよ。

男の人は、来週、何をしますか。

聽解翻譯

男士和女士正在交談。請問這位男士下星期會做什麼呢？

M：下星期是妳生日吧？有什麼想要的東西嗎？我送妳。

F：謝謝你。不過，我家很小，什麼都不需要。

M：送妳傘如何？還是新衣服？

F：傘去年已經買一把黑色的了，衣服也已經夠了。

M：那麼，要不要一起去吃一頓晚餐呢？

F：好呀，那麼，吃天婦羅如何？

M：我也喜歡吃天婦羅喔！

請問這位男士下星期會做什麼呢？

選項翻譯

1　送雨傘　　2　送新衣服　　3　吃天婦羅　　4　做天婦羅

解　說

男士邀約一起去吃晚餐，女士同意並提議要不要去吃天婦羅。男士回答「天ぷらはわたしも好きですよ」，所以兩人要一起去吃天婦羅。另外，「けっこうです」可以用來表示「それでよいです（這樣可以）」和「いりません（不需要）」兩種意思。本題根據內容，女士敘述了「傘はあります（だからいりません）、服も……」，所以是「いりません」的意思。這裡如果用「いりません」回答，聽起來會過於直接而顯得失禮，或是讓人覺得很冷漠。使用「けっこうです」，是不會抹煞他人好意的拒絕方法。

例

解答 2

聽解內文
会社で、女の人と男の人が話しています。男の人は、会社を出てから、初めにどこへ行きますか。

F：もう帰るのですか。今日は早いですね。何かあるのですか。

M：父の誕生日なのです。これから会社の近くの駅で家族と会って、それからレストランに行って、みんなで夕飯を食べます。

F：おめでとうございます。お父さんはいくつになったのですか。

M：80歳になりました。

F：何かプレゼントもしますか。

M：はい、おいしいお菓子が買ってあります。

男の人は、会社を出てから、初めにどこへ行きますか。

聽解翻譯
女士和男士正在公司裡交談。男士離開公司之後，會先去哪裡呢？

F：您要回去了嗎？今天下班滿早的哦。有什麼活動嗎？

M：今天是我爸爸的生日。我等下要去公司附近的車站和家人會合，然後去餐廳和大家一起吃晚餐。

F：那真是恭喜了！請問令尊今年貴更呢？

M：滿八十歲了。

F：您也會送什麼禮物嗎？

M：有，我買了好吃的糕餅。

男士離開公司之後，會先去哪裡呢？

選項翻譯
1 自己的家
2 公司附近的車站
3 餐廳
4 壽司店

解說
因為男士說「これから会社の近くの駅で家族と会って、それから～」，所以首先去的地方是「会社の近くの駅」。男士的父親生日、去餐廳、買點心當作禮物等，都和答案沒有關係。

1

解　答　4

聽解內文

大学の食堂で、女の学生と男の学生が話しています。男の学生は、毎日、何時間ぐらいパソコンを使っていますか。

F：町田さんは、いつも、何時間ぐらいパソコンを使っていますか。

M：そうですね。朝、まず、メールを見たり書いたりするのに30分。夕飯のあと、好きなブログを見たり、インターネットでいろいろと調べたりするのに1時間半ぐらいです。

F：へえ。毎日ずいぶんパソコンを使っているのですね。

男の学生は、毎日、何時間ぐらいパソコンを使っていますか。

聽解翻譯

女學生和男學生正在大學的學生餐廳裡交談。請問這位男學生每天使用電腦大約幾小時呢？

F：請問町田同學平時使用電腦大約幾小時呢？

M：讓我想一想……，早上一起床就先花三十分鐘開電子郵件系統收信和回覆，然後是晚飯後瀏覽喜歡的部落格、或是上網查閱各種資料大概一個半小時。

F：是哦？那你每天用電腦的時間還滿久的呢。

請問這位男學生每天使用電腦大約幾小時呢？

選項翻譯　1　三十分鐘　　2　一個小時　　3　一個半小時　　4　兩個小時

解　說

或許不知道「パソコン（個人電腦）」、「メール（郵件）」、「ブログ（部落格）」、「インターネット（網路）」這些單字，但是不知道這些單字也能解出本題的答案。先不管「パソコン」是什麼，因為提到早上使用三十分鐘，晚餐過後使用一個半鐘頭，所以一天大約使用兩小時。

2

解　答　2

聽解內文

男の人と女の人が話しています。女の人の郵便番号は何番ですか。

M：はがきを出したいのですが、あなたの家の郵便番号を教えてください。

F：はい。861の3204です。

M：ええと、861の3402ですね？

F：いいえ、3204です。それから、この前、町の名前が変わったんですよ。

M：それは知っています。東区春野町から春日町に変わったんですよね。

女の人の郵便番号は何番ですか。

聽解翻譯 男士和女士正在交談。請問這位女士家的郵遞區號是幾號呢？

M：我想要寄明信片給妳，請告訴我妳家的郵遞區號。

F：好的。８６１之３２０４。

M：我抄一下……，是８６１之３４０２嗎？

F：不是，是３２０４。還有，前陣子鎮町的名稱也改了喔！

M：那件事我曉得。從東區春野町改成了春日町，對吧？

請問這位女士家的郵遞區號是幾號呢？

選項翻譯

1　８６１－３２０１　　2　８６１－３２０４

3　８６１－３２０２　　4　８６１－３４０２

解　說 女士說了「８６１の３２０４」。街名變更和解答沒有關係。

3

解　答 3

聽解內文 男の人が女の人に、本屋の場所を聞いています。男の人は、何の角を右に曲がりますか。

M：文久堂という本屋の場所を教えてください。

F：この道をまっすぐ行って、二つ目の角を右にまがります。

M：ああ、靴屋さんの角ですね。

F：そうです。その角を曲がって 10 メートルぐらい行くと喫茶店があります。そのとなりです。

男の人は、何の角を右に曲がりますか。

聽解翻譯 男士正在向女士詢問書店的位置。請問這位男士該在哪個巷口轉彎呢？

M：麻煩您告訴我一家叫文九堂的書店在哪裡。

F：沿著這條路直走，在第二個巷口往右轉。

M：喔，是鞋店的那個巷口吧？

F：對。在那個巷口往右轉再走十公尺左右有家咖啡廳，就在它隔壁。

請問這位男士該在哪個巷口轉彎呢？

選項翻譯 1　書店　　2　文九堂　　3　鞋店　　4　咖啡廳

解　說 女士告訴對方，在「この道をまっすぐ行って、二つ目の角を右に」要轉。「二つ目の角」就是「靴屋さんの角」。另外，日本人除了人以外，也會在店家的後面加個「さん」，例如：「八百屋さん（蔬果店）」「花屋さん（花店）」「魚屋さん（賣魚或海產的店）」等。

4

解　答　4

聽解內文

会社で、男の人と女の人が話しています。男の人は、今日、何時に会社に帰りますか。

M：今から、後藤自動車とつばき銀行に行ってきます。

F：会社に帰るのは何時頃ですか。

M：後藤自動車の人と 2 時に会います。つばき銀行の人と会うのは 4 時です。話が終わるのは 5 時半頃でしょう。

F：あ、じゃあ、その後は、まっすぐ家に帰りますか。

M：そのつもりです。

男の人は、今日、何時に会社に帰りますか。

聽解翻譯

男士和女士正在公司裡交談。請問這位男士今天會在幾點回到公司呢？

M：我現在要去後藤汽車和茶花銀行。

F：請問您大約幾點會回到公司呢？

M：我和後藤汽車的人約兩點見面，和茶花銀行的人約四點見面，談完的時間大概是五點半左右吧。

F：啊，那麼之後您會直接回家嗎？

M：我的確打算直接回家。

請問這位男士今天會在幾點回到公司呢？

選項翻譯　1　下午兩點　　2　下午四點　　3　下午五點半　　4　不回公司

解　說　因為提到「まっすぐ家に帰りますか」、「そのつもりです」，所以去了外出的目的地之後，不會回公司，會直接回家。

5

解　答　3

聽解內文

男の人と女の人が話しています。女の人は、昨日、何をしましたか。

M：昨日の日曜日は、何をしましたか。

F：いつも、日曜日は、自分の部屋のそうじをしたり、洗濯をしたりするのですが、昨日は母とデパートに行きました。

M：そうですか。何か買いましたか。

F：いいえ、何も買いませんでした。あ、ハンカチを 1 枚だけ買いました。

女の人は、昨日、何をしましたか。

聽解翻譯　男士和女士正在交談。請問這位女士昨天做了哪些事呢？

M：昨天的星期天，妳做了哪些事呢？

F：我平常星期天會打掃打掃自己的房間、洗洗衣服，不過昨天和媽媽去了百貨公司。

M：這樣喔。買了什麼東西嗎？

F：沒有，什麼也沒買，……啊，只買了一條手帕。

請問這位女士昨天做了哪些事呢？

選項翻譯

1　打掃了自己的房間
2　洗了衣服
3　和媽媽出門了
4　把手帕還給了媽媽

解　說　有提到「昨日は母とデパートに行きました」。「デパートに行く」可以換成「出かける」的意思。還有，雖然買了手帕，不過沒有和它相關的選項，所以答案是３。

6

解　答　2

聽解內文　男の人と女の人が話しています。男の人は、何を買ってきましたか。

M：ただいま。

F：買い物、ありがとう。トイレットペーパーは？

M：はい、これです。

F：これはティッシュペーパーでしょう。いるのはトイレットペーパーですよ。それから、せっけんは？

M：あ、わすれました。

男の人は、何を買ってきましたか。

聽解翻譯　男士和女士正在交談。請問這位男士買了什麼東西回來呢？

M：我回來了。

F：謝謝你幫忙買東西回來。廁用衛生紙呢？

M：來，在這裡。

F：這是面紙吧？我要的是廁用衛生紙哦。還有，肥皂呢？

M：啊，我忘了。

請問這位男士買了什麼東西回來呢？

選項翻譯

1　廁用衛生紙
2　面紙
3　肥皂
4　什麼都沒買

解　說　男士買來了之後說「はい、これです」，拿出來的是面紙。他忘了買肥皂，也就是說沒有買回來。

例

解答 3

聽解內文 朝、起きました。家族に何と言いますか。

M：1．行ってきます。

2．こんにちは。

3．おはようございます。

聽解翻譯 早上起床了。請問這時該對家人說什麼呢？

M：1．我要出門了。

2．午安。

3．早安。

解說 早晨的問候語應該是「おはよう（ございます）」。

其他選項

1 這是外出時的問候語。

2 這是中午至日落之間，遇到人時的問候語。

1

解答 1

聽解內文 今からご飯を食べます。何と言いますか。

F：1．いただきます。

2．ごちそうさまでした。

3．いただきました。

聽解翻譯 現在要吃飯了。請問這時該說什麼呢？

F：1．我開動了。

2．我吃飽了。

3．承蒙招待了。

解說 用餐前的致意語應該是「いただきます」。

其他選項

2 這是用餐結束時的致意語。

3 這不是致意語，而是「もらいました（收下了）」或「食べました（吃了）」等語意的敬語，但通常不太會單獨使用。

2

解答 2

聽解內文 電車の中で、あなたの前におばあさんが立っています。何と言いますか。

M：1．どうしますか。

2．どうぞ、座ってください。

3．私は立ちますよ。

聽解內文	在電車裡，你的面前站著一位老婆婆。請問這時該說什麼呢？ M：1．怎麼辦呢？ 2．請坐。 3．我站起來囉！
解　說	讓位時的措辭應該是選項2。
其他選項	1　這是用於詢問對方將要選擇什麼樣的行動，至於語意則視當下的情況而定。 3　這句話在文法上沒有任何錯誤，但很難想像什麼情況下會用到。

3

解　答	3
聽解內文	家に帰りました。家族に何と言いますか。 F：1．いま帰ります。 2．行ってきます。 3．ただいま。
聽解翻譯	回家了。請問這時該對家人說什麼呢？ F：1．我現在要回來。 2．我出門了。 3．我回來了。
解　說	回家時的致意語是「ただいま」。
其他選項	1　這不是致意語。舉例來說，由於比預定到家的時間還要晚，因此打電話回家，結果被家人罵了「こんなに遅くまで何をやってるの（你為什麼會在外面弄到這麼晚啊）」的時候，就會回覆這句話。 2　這是現在要出門時的致意語。

4

解　答	1
聽解內文	店で、棚の中の赤いさいふを買いたいです。店の人に何と言いますか。 F：1．すみませんが、その赤いさいふを見せてください。 2．すみませんが、その赤いさいふを買いませんか。 3．すみませんが、その赤いさいふは売りませんか。
聽解翻譯	在店裡想買架上的紅色錢包。請問這時該向店員說什麼呢？ F：1．不好意思，請給我看那只紅色的錢包。 2．不好意思，請問要不要買那只紅色的錢包呢？ 3．不好意思，請問那只紅色的錢包要賣嗎？
解　說	到「すみませんが、その赤いさいふ」這個部分為止都相同，問題在述部，「買いたい」的東西首先會「よく見たい（想要看個清楚）」，因此以選項1為最佳答案。

其他選項　2　這是詢問對方是否要購買時的問話，由顧客說出來顯得不合常理。當店員徵詢顧客的意願時，經常可以聽到諸如「その赤いさいふはいかがですか（那只紅色的錢包如何呢）」這樣的問句；所以，不論在任何情況下，都不太可能聽到有人說出這個問句。

3　同樣地，不論在任何情況下，都不太可能聽到有人說出這個問句。

5

解　答　3

聽解內文　前を歩いていた男の人が、電車の切符を落としました。何と言いますか。

F：1．切符落としちゃだめじゃないですか。

2．切符なくしましたよ。

3．切符落としましたよ。

聽解翻譯　**走在前方的那位男士掉了電車車票。請問這時該對他說什麼呢？**

F：1．怎麼可以把車票弄掉了呢？

2．車票不見了喔！

3．車票掉了喔！

解　說　以不冒犯的方式來陳述事實，只有選項3才是正確答案。

其他選項　1　「だめじゃないですか」具有叱責的語感。

2　「落とす」和「なくす」不同。「なくす」通常是當事人先察覺到自己東西掉了，因此不論在任何情況下，都不太可能聽到遺失者或拾獲者說出這句話。

第1回　聴解　問題4　P48

例

解　答　1

聽解內文　F：お国はどちらですか。

M：1．ベトナムです。

2．東からです。

3．日本にやって来ました。

聽解翻譯　**F：請問您是從哪個國家來的呢？**

M：1．越南。

2．從東方來的。

3．來到了日本。

解　說　「お国」的接頭語「お」屬於敬語的一種，因此指的是對方的「母國」。所以本題問的是對方來自什麼國家，答案應該以選項1的國名最為恰當。

其他選項

2　這是當例如被問到「太陽はどちらから昇りますか（太陽是從哪一邊升起的呢）」這樣的問題時所做的答覆。

3　「やって来る」和「来る」的語意大致相仿。換言之，當說話者講出這句話時，其本人已經來到日本了。現在問的是他來自哪個國家，可是他卻回答自己來到哪個國家，顯然答非所問。

1

解　答　2

聽解內文

F：今日は何曜日ですか。

M：1．15日です。

　　2．火曜日です。

　　3．午後2時です。

聽解翻譯

F：請問今天是星期幾呢？

M：1．十五號。

　　2．星期二。

　　3．下午兩點。

解　說　問的是星期幾，正確答案只有選項2而已。

其他選項

1　這則回答的是日期。

3　這則回答的是時刻。

2

解　答　2

聽解內文

M：これはだれの傘ですか。

F：1．私にです。

　　2．秋田さんのです。

　　3．だれのです。

聽解翻譯

M：請問這是誰的傘呢？

F：1．是給我的。

　　2．是秋田小姐的。

　　3．是誰的。

解　說　「秋田さんのです」這句話在這個情況的意思是「秋田さんの傘です」。「の」後面可以省略剛才已出現過的名詞。

其他選項

1　由於問的是「だれの」，如果回答「私に」就答非所問了。

3　如果要以含有疑問詞「だれ」的語句回答，就應該要回答「だれのでしょうね（是呀，到底是誰的呀）」或「だれのか分かりません（不曉得是誰的）」等，否則聽起來很不通順。

3

解　答　3

聽解內文

F：きょうだいは何人（なんにん）ですか。

M：1．両親（りょうしん）と兄（あに）です。

2．弟（おとうと）はいません。

3．私（わたし）を入（い）れて 4 人（にん）です。

聽解翻譯

F：請問你有幾個兄弟姊妹呢？

M：1．父母和哥哥。

2．沒有弟弟。

3．包括我在內總共四個人。

解　說　以回答人數的選項３為正確答案。在現實生活中，即使被問到兄弟姊妹的人數，不會直接回答總人數，而是以「姉が一人と弟が一人です（我有一個姊姊和一個弟弟）」這樣具體描述的答覆方式也不少。

其他選項

1　這個回答的是家庭成員。

2　由於答案的重點放在「弟」身上，因此與問題不符。

4

解　答　1

聽解內文

M：あなたの好（す）きな食（た）べ物（もの）は何（なん）ですか。

F：1．おすしです。

2．トマトジュースです。

3．イタリアです。

聽解翻譯

M：請問你喜歡的食物是什麼呢？

F：1．壽司。

2．蕃茄汁。

3．義大利。

解　說　以回答「食べ物」的選項１為正確答案。

其他選項

2　這個回答的是飲料。

3　這個回答的是國家。

5

解　答　2

聽解內文

M：あなたは、何（なに）で学校（がっこう）に行（い）きますか。

F：1．とても遠（とお）いです。

2．地下鉄（ちかてつ）です。

3．友（とも）だちといっしょに行（い）きます。

聽解翻譯　M：請問你是用什麼交通方式到學校的呢？

F：1. 非常遠。

2. 地下鐵。

3. 和朋友一起去。

解　說　在詢問工具時，除了「なにで」之外，也會使用「なんで」。不過，若是使用「なんで」時，很可能會讓對方一開始誤以為問的是「理由」，因此採用「なにで」來詢問較能明確傳達問句的意涵。此外，「なにで」的語感也較為正式。這題以回答交通工具選項2為正確答案。

其他選項　1　對方問的不是距離。

3　對方問的不是「誰と」。

6

解　答　3

聽解內文　F：図書館(としょかん)は何時(なんじ)までですか。

M：1. 午前(ごぜん)9時(じ)からです。

2. 月曜日(げつようび)は休(やす)みです。

3. 午後(ごご)6時(じ)までです。

聽解翻譯　F：請問圖書館開到幾點呢？

M：1. 從早上九點開始。

2. 星期一休館。

3. 開到下午六點。

解　說　以回答「何時まで」的選項3為正確答案。

其他選項　1　這個回答的是「何時から」。

2　這個回答的是休館日。

MEMO

第2回 言語知識（文字・語彙） 問題1 P50-51

1

解答	3
題目翻譯	**教室非常安靜。**
解說	像形容動詞等有語尾活用變化的字，唸法通常是訓讀，「静か」讀作「しずか」。另外，請注意「静」右半部的寫法，跟中文「靜」右半部的「爭」不同。

2

解答	2
題目翻譯	**你買了幾支鉛筆呢？**
解說	一般來說，「何」表示「數量多少」時，常讀作「なん」；而「本」作長條物量詞時，用音讀，讀作「ほん」。請注意，由於連濁的關係，「何本」的「本」要唸作「ぼん」。

3

解答	2
題目翻譯	**在蔬果店買了水果再回去。**
解說	像動詞等有語尾活用變化的字，唸法通常是訓讀，「買う」讀作「かう」。

4

解答	1
題目翻譯	**我有一個弟弟。**
解說	「弟」字單獨使用時是「弟弟」的意思，用訓讀，唸作「おとうと」；「弟」音讀有「だい」唸法，如「兄弟／きょうだい（兄弟姊妹）」等。

5

解答	4
題目翻譯	**我喜歡動物。**
解說	「動」與「物」合起來表示「動物」的意思，用音讀，唸作「どうぶつ」；「物」另一個音讀唸法是「もつ」，如「荷物／にもつ（行李）」；「物」訓讀唸作「もの」。「動く」用訓讀，讀作「うごく」。

6

解答	3
題目翻譯	**今天天氣很晴朗。**
解說	有語尾活用變化的字，唸法通常是訓讀，「晴れ」用訓讀，讀作「はれ」。

7

解答 1

題目翻譯 工作到了夜裡很晚的時候。

解說 「仕」與「事」合起來唸作「しごと」，表示「工作」的意思。其中「仕／し」是使用音讀讀音的假借字，「事」是訓讀「こと」產生連濁，唸作「ごと」。另外，「事」音讀讀作「じ」。

8

解答 4

題目翻譯 請再等兩個星期。

解說 「週」加「間」合起來表示「一個星期」的意思，用音讀，唸作「しゅうかん」；「２」放在以音讀發音的漢字前，所以唸作「に」。數字搭配不同量詞可能會有不同讀音，背單字的時候要特別留意，如「二つ／ふたつ（兩個）」。

9

解答 2

題目翻譯 傍晚看了一個很有意思的電視節目。

解說 「夕」與「方」合起來唸作「ゆうがた」用訓讀，表示「傍晚」的意思。請留意，「方」訓讀是「かた」，由於連濁的關係唸作「がた」。另外，「方」音讀讀作「ほう」。

10

解答 3

題目翻譯 家父目前正在旅行。

解說 「父」當一個單字時用訓讀，唸作「ちち」；音讀唸作「ふ」，如「祖父／そふ（爺爺）」等。另外，請留意「お父さん」的「父」唸作「とう」，是特別用法。

第2回 言語知識（文字・語彙） 問題2 P52-53

11

解答 3

題目翻譯 從口袋裡掏出了手帕。

解說 請小心半濁音記號是在右上角打圈，而不是點點，並留意促音的片假名表記「ッ」及位置。促音橫式書寫時靠左下方，直寫時靠右上方。另外，別把「ッ」跟「シ」搞混囉。

12

解答 2

題目翻譯 **下雪了。**

解說 「ゆき」是漢字「雪」的訓讀。這個單字意思與中文相同，但就日文標準字體而言，必須注意上半部「雨」裡面四個點的點法，以及下半部中間那一橫不會突出去。

13

解答 4

題目翻譯 **西邊的天空變紅了。**

解說 「にし」是漢字「西」的訓讀。這個單字意思與中文相同，但背單字時別把「にし」混淆成假名相似的「こし／腰（腰）」囉。

14

解答 1

題目翻譯 **我哥哥早上最晚八點去公司。**

解說 「かい」、「しゃ」分別是「会」、「社」兩字的音讀。「会」、「社」含有人們聚集的意思，組合後意指「公司」。另外，「会う」跟「合う」都讀作「あう」，但「会う」意是「見面」，「合う」有「適合；一致」等意思。

15

解答 3

題目翻譯 **請稍微等一下。**

解說 作副詞「少し」時，「すこ」是漢字「少」的訓讀。作形容詞「少ない」時，用訓讀，讀作「すくない」。

16

解答 1

題目翻譯 **我姊姊是個非常可愛的人。**

解說 「あね」是漢字「姉」的訓讀，表示「姊姊」的意思。請特別留意，別跟中文的「姊」字搞混囉。

17

解答 4

題目翻譯 **你要用一百日圓買什麼呢？**

解說 「ひゃく」、「えん」分別是「百」、「円」兩字的音讀。請留意，用日語表示「100」時，不用加上「一」，用「百」即可以。「円」指的是日幣金額單位。

18

解答 2

題目翻譯 **我喜歡看書。**

解說 「ほん」是漢字「本」的音讀，在這裡是「書」的意思。請特別留意，日文漢字「書」也可以表示「書」的意思，但這時通常會跟其他字合併使用，如「じしょ／辞書（辭典）」。

19

解答 4

題目翻譯 五樓請搭這部（電梯）去。

選項翻譯 1 公寓　2 百貨公司　3 手推車　4 電梯

解說 用「方法・手段＋で」句型，可以表示使用的工具。因此，從前項的「５かい」，推出是搭「エレベーター」去的。

20

解答 2

題目翻譯 今天的風勢非常（強）。

選項翻譯 1 長的　2 強的　3 短的　4 高的

解說 在日語中，形容風勢可以用形容詞「つよい（強的）」、「よわい（弱的）」、「あたたかい（溫暖的）」、「つめたい（寒冷的）」等。這一題選項中，可以填入空格的只有選項２。

21

解答 3

題目翻譯 這幅圖是誰（畫的呢）？

選項翻譯 1 拍的呢　2 做的呢　3 畫的呢　4 撐的呢

解說 日語中，表示「畫圖」動詞用「かく／描く」。因此，由「え」可以對應到答案的「かきましたか」。另外，表示「寫字」動詞用「かく／書く」，請別跟「かく／描く」搞混囉。

22

解答 1

題目翻譯 我雖然喜歡牛肉，但是（討厭）豬肉。

選項翻譯 1 討厭　2 喜歡　3 吃　4 好吃

解說 用「～が～」句型，可以表示逆接，連接兩個對立的事物。從前項的「すき」，推出後項必須接反義詞「きらい」。

23

解答 3

題目翻譯 老師發給每個人三（張）考卷。

選項翻譯 1 年　2 支　3 張　4 個

解說 題目問的是量詞。在日語中，表示「かみ」等輕薄、扁平東西的數量時，通常用「～まい」。

24

解答	2
題目翻譯	這裡很暗，請（打開）電燈。
選項翻譯	1 吹　2 打開　3 關閉　4 下來
解說	日語中，表示「開燈」動詞用「つける」，「關燈」則會用「けす」。「～ので」表示理由，「～てください」用在請求、指示或命令某人做某事。從前項「くらい」的這個理由，推出後項的「でんきをつけてください」。

25

解答	1
題目翻譯	往（杯子）裡倒水。
選項翻譯	1 杯子　2 書　3 鉛筆　4 沙拉
解說	題目句描述往（ ）裡到水，由「みず」可以對應到答案的「コップ」。

26

解答	3
題目翻譯	在那邊（綻放）的叫作什麼花呢？
選項翻譯	1 哭泣　2 拍攝　3 綻放　4 鳴叫
解說	「はながさく」是「～が＋自動詞」的用法，表示「開花」的意思。因此，由「はな」可以對應到答案的「さいて」。句型「動詞＋ています」可以表示結果或狀態的持續。

27

解答	1
題目翻譯	妹妹（染上）感冒，現在正睡著覺。
選項翻譯	1 染上　2 吹　3 聆聽　4 掛上
解說	日語中，表示「感冒」用「かぜをひく」。因此，由「かぜ」可以對應到答案的「ひいて」。「動詞＋て」可以用在連接前後短句成一個句子。

28

解答	4
題目翻譯	今年橘子樹第一次結了（七顆）橘子。
選項翻譯	1 四顆　2 五顆　3 六顆　4 七顆
解說	題目問的是數量。插圖中，樹上的橘子有七顆，因此答案是「ななつ」。

29

解答 2

題目翻譯 我每天都在大學的學生餐廳裡吃午餐。

選項翻譯
1 我總是在大學的學生餐廳裡吃早餐。
2 我總是在大學的學生餐廳裡吃午餐。
3 我總是在大學的學生餐廳裡吃晚餐。
4 我總是在大學的學生餐廳裡吃飯。

解說 這一題的「まいにち」與「ひるごはん」是解題關鍵，可以對應到答案句的「いつも」及「ひるごはん」。

30

解答 3

題目翻譯 你妹妹幾歲呢？

選項翻譯
1 你妹妹在哪裡呢？
2 你妹妹是幾年級呢？
3 你妹妹幾歲呢？
4 你妹妹可愛嗎？

解說 「いくつ」是解題關鍵字，第一個用法是某事物數量的疑問詞，第二個用法用在問人的年齡，這一題是第二個用法。

31

解答 4

題目翻譯 我姊姊身體不強健。

選項翻譯
1 我姊姊身體強壯。
2 我姊姊身體纖瘦。
3 我姊姊身體很輕。
4 我姊姊身體孱弱。

解說 這一題的解題關鍵字「つよくない」，是「つよい」的否定式，意思等於選項中的「よわい」。

32

解答 2

題目翻譯 我在一年前的春天來到了日本。

選項翻譯
1 我在今年春天來到了日本。
2 我在去年春天來到了日本。
3 我在兩年前的春天來到了日本。
4 我在前年春天來到了日本。

解說 「１ねんまえ」是解題關鍵字，意思等於「きょねん」。

33

解答	3
題目翻譯	我想要借這本書。
選項翻譯	1 請買這本書。　2 請借這本書。 3 請借給我這本書。　4 這本書正在出借中。
解說	這一題解題關鍵是「かりる」與「かす」的用法，前者表示將某物「借來」用，後者意指將某物「借給」他人。「動詞たい」表示主詞或說話人的願望，「かりたい」是「想借（某物）」的意思。句型「～てください」用在請求，「かしてください」意思是「請借給我」，可以對應到題目句的「かりたい」。選項2的「かりてください」意思是「請（跟我）借」，因此不可以選。

第2回　言語知識（文法）　問題1　P58-60

1

解答	3
題目翻譯	那家店（的）料理非常好吃。
解說	「名詞＋の＋名詞」表示用前項名詞修飾後項名詞，中文可以翻譯成「…的…」。

2

解答	1
題目翻譯	安靜地（把）門打開了。
解說	「あけました」是他動詞，目的語的後面必須搭配「を」。「ドアをあける」表示「打開」的這個人是動作，直接作用在「門」上，中文可以翻譯成「把門打開」。

3

解答	4
題目翻譯	A「你明天要（和）誰見面呢？」 B「小學時代的朋友。」
解說	表示「跟…」會用「と」，前接互相進行某動作的對象（A句用了疑問代名詞「だれ」），後面要接一個人不能完成的動作，這一題的「会う」正是無法單獨實踐的動作。

4

解答	1
題目翻譯	A「郵局在哪裡呢？」 B「在這個巷口（向）左轉的那邊。」
解說	表示動作、行為的方向，可以用格助詞「へ」或「に」，但這一題的選項只出現「に」，因此答案是1。

5

解　答　3

題目翻譯　**A「昨天我對你說過的事還記得嗎？」**

B「是的，我記得很清楚。」

解　說　由於實行「言った」這個動作的人是「わたし」，因此答案可能是「は」或「が」。又，「は」可以用在表示句子的主題。如果空格填入「は」，代表「わたし」是題目句的主題。不過，這一句述語是後項的「おぼえていますか」，主題應該是未明確指出的「あなた」，所以「わたし」後面不會是「は」。題目句如果明確點出主題「あなた」，就是「あなたは、きのう～」。

6

解　答　4

題目翻譯　**我（有）兩個哥哥。**

解　說　格助詞「に」後接「は」，有特別提出格助詞前項名詞的作用。這邊的「に」表示人事物的存在或所屬的場所。

7

解　答　2

題目翻譯　**A「這是（哪個）國家的地圖呢？」**

B「澳洲的。」

解　說　「指示詞＋の＋名詞」表示用前項指示詞修飾後項名詞，中文可以翻譯成「…的…」。

8

解　答　1

題目翻譯　**我姊姊（一邊）彈著吉他（一邊）唱歌。**

解　說　句型「動詞ます形＋ながら」，表示同一主體同時進行兩個動作，「一邊…一邊…」的意思。又，後項動作是主要的動作（這一句的「うたいます」），前項動作則是伴隨的次要動作（這一句的「ギターをひき」）。

9

解　答　2

題目翻譯　**學生正在大學前面的路上行走。**

解　說　用助詞「を」表示經過或移動的場所，後面可以接表示移動的自動詞，如這一題的「あるく」。又，「～ています」表示動作正在進行中。

10

解　答　4

題目翻譯　**吃完晚餐（之後）去洗澡。**

解　說　句型「動詞た形＋あとで」，表示前項的動作做完後，做後項的動作，中文可以翻譯成「…之後…」。可能比較有問題的選項2，也用在表示動作的順序，但「まえに」前面必須接動詞辭書形，因此不可以選。

文法 1 2 3 4 5 6 CHECK 1 2 3

11

解答 2

題目翻譯 媽媽「功課（已經）做完了嗎？」
小孩「只剩一點點就做完了。」

解說 「もう」和動詞過去式一起使用，表示行為、事情到某個時間已經完了，中文可以翻譯成「已經…了」。用在疑問句的時候，表示詢問完或沒完。

12

解答 1

題目翻譯 A「有沒有（什麼）飲料呢？」
B「有咖啡喔！」

解說 「か」前接「なに」等疑問詞後面，表示不明確、不肯定，或沒必要說明的事物。

13

解答 4

題目翻譯 我累了，我們在這裡休息吧。

解說 「～ので」表示原因、理由。由「つかれた」與「やすみましょう」的關係，可以對應到答案。

14

解答 2

題目翻譯 圖書館從星期六（到）星期一休館。

解說 「～から～まで」可以表示時間的範圍，「から」前面的名詞是開始的時間，「まで」前面的名詞是結束的時間。

15

解答 1

題目翻譯 我和媽媽（在）百貨公司買東西。

解說 「で」的前項是後項動作進行的場所，表示「在…」的意思。

16

解答 3

題目翻譯 A「這本書很有意思喔！」
B「這樣嗎？我（也）想看，可以借給我嗎？」

解說 「も」可以用在再累加上同一類型的事物，中文可以翻譯成「也…」。

17

解答 2

正確語順 A「けさは　なんじに　おきましたか。」

題目翻譯 A「今天早上是幾點起床的呢？」

B「七點半。」

解說 動詞過去肯定式敬體用「～ました」，前接動詞「ます形」，知道第三、四格合併後就是「おきました」。又，表示幾點、星期幾、幾月幾日等時間點時，用格助詞「に」，推出「に」接在「なんじ」後面，因此★處要填入「に」。

18

解答 4

正確語順 A「らいしゅう　パーティーに　行きませんか。」

題目翻譯 A「下星期要不要去參加派對呢？」

B「好，我想去。」

解說 動詞現在否定式敬體用「～ません」，前接動詞「ます形」，知道第三、四格合併後就是「行きません」。又，表示動作移動的到達點，用格助詞「に」，所以剩下二格依序應該要填入「パーティー」、「に」。如此一來，整句話意思就符合邏輯，得出★處是4。

19

解答 4

正確語順 B「とても　きれいで　たのしい　人ですよ。」

題目翻譯 A「山田小姐是個什麼樣的人呢？」

B「是一位非常漂亮而且很有幽默感的人喔！」

解說 「です」用在句尾，表示對主題的斷定或說明，得出第四格是2。觀察一下其他選項，形容詞可以直接後接名詞，但形容動詞後接名詞時，必須將詞尾「だ」改成「な」，所以「人」前面是「たのしい」。又，當形容動詞後接形容詞時，得將形容動詞詞尾「だ」改成「で」，才能接形容詞，表示屬性的並列，因此「きれいで」要放「たのしい」前面，得出★處是4。

20

解答 1

正確語順 B「そうですね。あと　10分ほどで　はじまります。」

題目翻譯 A「請問電影還沒有開演嗎？」

B「是呀，再十分鐘左右會開演。」

解　說　動詞現在肯定式敬體用「～ます」，前接動詞「ます形」，得出第四格是3。「ほど（左右）」這個單字對N5來說可能有點難，但格助詞「で」前接數量、金額、時間單位等，表示限度、期限，所以「再十分鐘…」的日語可以說成「あと10分で」，可以推測第一到第三格分別填入「あと」、「10分」、「ほどで」，得出★處是1。

21

解　答　3

正確語順　B「銀行（ぎんこう）に　つとめて　います。」

題目翻譯　A「請問令尊在哪裡高就呢？」

B「在銀行工作。」

解　說　「在…工作」的日語可以用「～につとめています」，因此★處應該要填入「つとめて」。

第（だい）2回（かい）　言語知識（げんごちしき）（文法（ぶんぽう））　問題（もんだい）3　P63

文章翻譯　在日本留學的學生以〈我居住的街市上的店〉為題名寫了一篇文章，並且在班上同學的面前誦讀給大家聽。

我剛來到日本的時候，從車站走到公寓的這一段路上，沿途一家家小商店林立，有蔬果店也有魚鋪。

可是，在兩個月前那些小商店全部都消失了，換成了一家大型超級市場。

超級市場裡面什麼都有，非常方便，但是從此無法與蔬果店和魚鋪的老闆及老闆娘聊天，走這段路變得很無聊了。

22

解　答　3

解　說　由於「アパートへ行く」的對照來推測，緊接在「駅」後面的，應該填入表示起點的助詞「から」。

23

解　答　2

解　說　分辨「ある」和「いる」的用法屬於日文中最基礎的概念。由於這裡指的不是動物而是店家，因此要用「ある」。此外，對應於「わたしが日本に来たころ」用的是過去式，因此句子最後面用的也是過去式。

24

解　答　4

選項翻譯　1　又　　2　所以　　3　那麼　　4　可是

解　說　檢視所有選項，可以知道這裡應該填入連接詞，因此要選擇符合文章邏輯的選項。由於在空格的前面敘述的是以前有一些小店，之後那些小店消失了，由此可以推測出以逆接的連接詞「しかし」最為適切。

25

解　答　3

解　說　「疑問詞＋でも」表示「全部」，加上「べんりです」一起考量，以這個選項才符合文意。假如不曉得「疑問詞＋でも」這個文法句型，就必須逐一分析其他的選項。「何も」讀作「なにも」，後面一定要接否定表現（在非常隨性的口語中，有時會說成「なんも」，但在初級和中級日語中，只要記「なにも」的唸法就可以了）。這個選項「何」讀音標記「なん」，而且後面又以「あって」表示肯定，因此不對。至於「さえ」這個字詞，應該是第一次看到吧。單看這個字詞或許不知道是什麼意思，不過根本沒有「何さえ」這個用法。而「何が」向來讀作「なにが」，因此和這裡標記的讀音不同。此外，「なにがあってべんりです」這句話語意不明，因此也是錯誤的選項。

26

解　答　1

選項翻譯　1　無聊　　2　近　　3　安靜　　4　熱鬧

解　說　前面「べんりですが」裡的「が」是逆接的意思。「べんり」這個具有正面語意的詞後面緊跟著逆接，表示會接上負面語意的詞語。具有負面意涵的詞語只有選項1而已。不僅如此，選項1也能對應到前面的「話ができなくなったので」。

第2回（だいかい）　讀解（どっかい）　問題4（もんだい）　P64-66

27

解　答　3

文章翻譯　(1)

我是大學生。我爸爸在大學教英文；媽媽是醫師，在醫院工作；姊姊原本在公司上班，現在結婚了，住在東京。

題目翻譯　**「我」爸爸的工作是什麼呢？**

選項翻譯
1　**醫師**
2　**大學生**
3　**大學老師**
4　**公司職員**

解　說　(1)的文章是由四個句子組合而成的。題目裡問到關於「わたし」父親的相關敘述，只出現在第二句中。文章中雖然沒提到「先生」這個單詞，但由父親教授英文的描述可以推斷他是一位老師。

28

解答　3

文章翻譯　(2)

這是我拍的全家福相片。我爸爸身材很高，媽媽則不太高。站在媽媽右邊的是媽媽的爸爸，再隔壁的是我妹妹。坐在爸爸左邊椅子上的是爸爸的媽媽。

題目翻譯　請問「我」的全家福相片是哪一張呢？

解說　在四幅圖裡，只有人物的排列順序不同而已。文章的第一句和第二句並沒有提到關於順序的線索，第三句則出現了「母の右に立っているのは、母のお父さんで、そのとなりにいるのが妹です」。選項１當中，在媽媽右邊的是一位身材較高的中年男子（很有可能是爸爸），而他旁邊坐著奶奶，因此不對。選項２，媽媽的右邊沒有人，因此也不對。選項３，媽媽的右邊是爺爺，而他隔壁是一個比媽媽還矮的的女孩，因此符合條件。選項４也同樣符合這個條件，但由第四句來看，爸爸的左邊應該是爸爸的媽媽，因此答案是選項３。

29

解答　2

文章翻譯　(3)

桌上有一張貴子媽媽寫的留言紙條。

貴子

我下午得出門一趟，最晚七點左右會回來。冰箱裡有豬肉和馬鈴薯以及紅蘿蔔，麻煩妳先做晚餐，等我回來一起吃。

題目翻譯　請問貴子在媽媽不在家的這段期間會做什麼事呢？

選項翻譯

1　去買豬肉和馬鈴薯以及紅蘿蔔。

2　用冰箱裡的食材做晚飯。

3　等候媽媽七點左右到家。

4　先做學校的功課。

解說　媽媽的指示中提到「れいぞうこに～があるので、夕飯を作って、まっていてください」，因此答案是選項２。此外，內文寫的「７時ごろには」和「７時ごろに（在七點左右）」不同，意思是「最遲也會在七點左右」。關於這個助詞「は」的用法，現在不太清楚沒關係，但希望往後可以逐漸明白它的正確用法。

文章翻譯

昨天是我和中村小姐一起去聽音樂會的日子。因為音樂會是從一點半開始，所以中村小姐和我約好了一點在池田車站的花店門前碰面。

我從一點開始，便在車站西出口的花店前等候中村小姐。可是，過了十分鐘、十五分鐘，中村小姐還是沒來。我撥了中村小姐的行動電話。

接了電話的中村小姐說：「咦，我從十二點五十分就一直在東出口的花店前面等著耶！」然而，我一直在西出口的花店前面等她。

我於是跑去了東出口。這才和等在那裡的中村小姐見到面，一起去聽音樂會了。

30

解　答　3

題目翻譯　中村小姐一直沒來的時候，「我」採取了什麼行動呢？

選項翻譯

1　一直在東出口等著她。　　2　去了西出口。

3　撥了她的行動電話。　　4　回家了。

解　說　在第二段的第二句話中提到「中村さんは来ません」，緊接著第三句話是「わたしは、中村さんにけいたい電話をかけました」。

31

解　答　2

題目翻譯　中村小姐一直在哪裡等「我」呢？

選項翻譯

1　西出口的花店前面　　2　東出口的花店前面

3　舉辦音樂會的地方　　4　中村小姐家

解　說　在第三段裡，「中村さん」敘述他是在東出口的花店前面。

郵件資費

（信函、明信片等寄送資費一覽）

定型郵件　*1	25 公克以內　*2	82 日圓
非定型郵件　*3	50 公克以內	92 日圓
	50 公克以內	120 日圓
	100 公克以內	140 日圓
	150 公克以內	205 日圓
	250 公克以內	250 日圓
	500 公克以內	400 日圓
	1 公斤以內	600 日圓
	2 公斤以內	870 日圓
	4 公斤以內	1,180 日圓
明信片	普通明信片	52 日圓
	附回郵明信片	104 日圓
限時專送　*4	250 公克以內	280 日圓
	1 公斤以內	380 日圓
	4 公斤以內	650 日圓

＊1　定型郵件　在郵局規定的大小以內、重量不超過 50 公克的函件。
＊2　25 公克以內　重量不大於 25 公克。
＊3　非定型郵件　比定型郵件更大或更小、或者更重的函件或包裹。
＊4　限時專送　比普通郵件更早送達。

32

解　答　4

題目翻譯　**中山先生想要用限時專送寄出兩百公克的信，請問他該貼多少錢的郵票呢？**

選項翻譯　1　**兩百五十日圓**　2　**兩百八十日圓**　3　**六百五十日圓**　4　**五百三十日圓**

解　說　由於想用限時專送寄出兩百公克的信，因此非定型郵件「250g 以内」郵資的兩百五十日圓，加上限時專送「250g 以内」郵資的兩百八十日圓，總共是五百三十日圓。由於「速達」會以較快的時間送達，因此除了原本寄送的郵資之外，還要加計這部分的費用，所以選項 2 是錯的。假如只付限時專送的郵資就可以寄達的話，那麼一公斤以內或四公斤以內的郵資，就不可能比「定形外郵便物」相等重量的郵資還要便宜了。

第2回　聴解　問題1　P69-73

1

解　答　3

聽解內文

店で、女の人と店の人が話しています。女の人は、どのシャツを買いますか。

F：子どものシャツがほしいのですが。

M：犬の絵のと、ねこの絵のと、しまもようのがあります。どれがいいですか。

F：犬の絵のがいいです。

M：今の季節は、涼しいですので……。

F：いえ、夏に着るシャツがいるんです。

女の人は、どのシャツを買いますか。

聽解翻譯

女士和店員正在商店裡交談。請問這位女士會買哪一件上衣呢？

F：我想買小孩的上衣。

M：有小狗圖案的、貓咪圖案的，還有條紋圖案的。請問您喜歡哪一件呢？

F：我喜歡小狗圖案的。

M：目前的季節有點涼，所以……。

F：不要緊，我要買的是在夏天穿的上衣。

請問這位女士會買哪一件上衣呢？

解　說

請用刪除法找出正確答案。首先從三種圖案種類中選擇。在N5的階段不知道「しまもよう」是什麼也沒關係，不過因為選了「犬の絵の」，所以可以集中看2和3的選項。再加上不是現在涼爽的天氣要穿，而是「夏に着るシャツ」，所以短袖的3是正確答案。

2

解　答　3

聽解內文

病院で、医者が女の人に話しています。女の人は、1日に何回歯をみがきますか。

M：ご飯のあとは、すぐに歯をみがいてください。

F：昼ご飯のあともですか。会社につとめていると、歯をみがく時間も場所もないのですが。

M：それなら、朝と夕方のご飯のあとだけでもみがいてください。あ、でも、寝る前にも、もう一度みがくといいですね。

F：わかりました。寝る前にもみがきます。

女の人は、1日に何回歯をみがきますか。

聽解翻譯　醫師和女士在醫院裡交談。請問這位女士一天刷牙幾次呢？

M：請在飯後立刻刷牙。

F：請問吃完午餐後也要嗎？我在公司裡上班，既沒有時間也沒有地方刷牙。

M：那樣的話，請至少在早餐和晚餐之後刷牙。啊，不過在睡覺前也要再刷一次比較好喔。

F：我知道了，睡覺前也會刷一次。

請問這位女士一天刷牙幾次呢？

選項翻譯　1　一次　　2　兩次　　3　三次　　4　四次

解　說　因為是早飯後、晚飯後、睡覺前刷牙，所以共有三次。中午飯後沒有刷牙。

3

解　答　4

聽解內文　男の人と女の人が話しています。二人は、何時に会いますか。

M：授業は3時に終わるから、学校の前のみどり食堂で、3時20分に会いませんか。

F：あの食堂にはみんな来るからいやです。少し遠いですが、みどり食堂の100メートルぐらい先のあおば喫茶店はどうですか。私は、学校を3時半に出るから、3時40分なら大丈夫です。

M：じゃ、そうしましょう。あおば喫茶店ですね。

二人は、何時に会いますか。

聽解翻譯　男士和女士正在交談。請問這兩位會在幾點見面呢？

M：我上課到三點結束，所以我們約三點二十分在學校前面的綠意餐館碰面好嗎？

F：不要，那家餐館大家都會去。雖然稍微遠了一點，我們還是約距離綠意餐館大概一百公尺的綠葉咖啡廳吧？我三點半離開學校，三點四十分應該就會到了。

M：那就這樣吧。綠葉咖啡廳，對吧？

請問這兩位會在幾點見面呢？

選項翻譯　1　三點　　2　三點二十分　　3　三點三十分　　4　三點四十分

解　說　因為提到「私は、学校を3時半に出るから、3時40分なら大丈夫です」、「じゃ、そうしましょう」，所以兩人是在三點四十分見面。

4

解　答　2

聽解內文　男の人と女の人が話しています。女の人は、明日、何をもっていきますか。

M：明日のハイキングには、何を持っていきましょうか。

F：そうですね。お弁当と飲み物は、私が持っていくつもりです。

M：あ、飲み物は重いから、僕が持っていきますよ。

F：じゃ、私、あめを少し持っていきますね。疲れた時にいいですから。

女の人は、明日、何をもっていきますか。

聽解翻譯　男士和女士正在交談。請問這位女士明天會帶什麼東西去呢？

M：明天的健行，我們帶些東西去吧。

F：好啊。我原本就打算帶便當和飲料去。

M：啊，飲料很重，由我帶去吧！

F：那，我帶一些糖果去吧。累的時候有助於恢復體力。

請問這位女士明天會帶什麼東西去呢？

解　說　女士原本打算帶便當和飲料去，不過男士提議飲料「僕が持っていきますよ」，所以女士不帶飲料而帶糖果。女士接受男士的提議，不帶飲料去的這件事，可以從「じゃ」得知。

5

解　答　3

聽解內文　会社で男の人が話しています。山下さんは、明日の朝、どうしますか。

M：明日は 12 時から、会社でパーティーがあります。お客様は 11 時半ごろには来ますので、みなさんは 11 時までに集まってください。山下さんは、お客様が来る前に、入り口の机の上に、お客様の名前を書いた紙を並べてください。

F：はい、わかりました。

山下さんは、明日の朝、どうしますか。

聽解翻譯　男士正在公司裡說話。請問山下小姐明天早上該做什麼呢？

M：明天從十二點開始，公司要舉行派對。客戶最晚會在十一點半左右抵達，所以大家在十一點之前集合。山下小姐請在客戶到達之前，在門口的桌面上擺好寫有客戶大名的一覽表。

F：好的，我知道了。

請問山下小姐明天早上該做什麼呢？

選項翻譯

1　書寫客戶大名一覽表

2　將寫上大名的紙張交給客戶

3　把寫有客戶大名的一覽表擺到桌上

4　在門口排桌子

解　說　山下小姐在十一點以前要來公司，然後要做「入り口の机の上に、お客様の名前を書いた紙を並べ（る）」。男士說的是「場所＋に＋物＋を」的順序，雖然選項3的順序是「物＋を＋場所＋に」，不過意思是一樣的。

6

解　答　2

聽解內文

バス停で、女の人とバス会社の人が話しています。女の人は何番のバスに乗りますか。

F：中町行きのバスは何番から出ていますか。

M：5番と8番です。中町に行きたいのですか。

F：いいえ、中町の三つ前の山下町に行きたいのです。

M：ああ、そうですか。5番のバスも8番のバスも中町行きですが、5番のバスは、8番とちがう道をとおりますので、山下町にはとまりません。

F：わかりました。ありがとうございます。

女の人は何番のバスに乗りますか。

聽解翻譯

女士和巴士公司的員工正在巴士站交談。請問這位女士該搭幾號的巴士呢？

F：請問開往中町的巴士是從幾號月台出發呢？

M：五號和八號。您要去中町嗎？

F：不是，我想到中町前面三站的山下町。

M：哦，這樣啊。五號的巴士和八號的巴士都會到中町，但是五號和八號走的是不同路線，所以不會停靠山下町。

F：我知道了。謝謝您。

請問這位女士該搭幾號的巴士呢？

選項翻譯

1　五號　　2　八號　　3　五號或八號　　4　不搭巴士

解　說

女士最先問的是「中町行きのバス」。要去中町有五號和八號兩個選擇，不過女士實際上想去的並不是終點站中町，而是山下町，所以必須要坐八號。五號雖然是往中町，但是並沒有停靠山下町。

7

解　答　4

聽解內文

駅の前で、男の人と女の人が話しています。男の人は、どこへ行きますか。

M：すみません。中央図書館へ行きたいんですが、この道ですか。

F：はい、この道をまっすぐ進んで、公園の前で右に曲がると中央図書館です。

M：ありがとうございます。

F：でも、歩くと20分くらいかかりますよ。すぐそこに駅前図書館がありますよ。

M：前に中央図書館で借りた本を返しに行くのです。

F：返すだけなら、近くの図書館でも大丈夫ですよ。駅前図書館で返してはいかがですか。

M：わかりました。そうします。

男の人は、どこへ行きますか。

聽解翻譯 男士和女士正在車站前交談。請問這位男士要去哪裡呢？

M：不好意思，我想去中央圖書館，請問走這條路對嗎？

F：對，沿著這條路往前直走，在公園前面往右轉就是中央圖書館了。

M：謝謝您。

F：不過，步行前往大概要花二十分鐘喔！前面就有車站前圖書館囉！

M：我是要去中央圖書館歸還之前在那裡借閱的圖書。

F：如果只是要還書，就近到方便的圖書館還也可以喔。您不如就在車站前圖書館還書吧。

M：我知道了，那去那裡還書。

請問這位男士要去哪裡呢？

選項翻譯 1 車站　2 中央圖書館　3 公園　4 車站前圖書館

解　說 男士最先想去中央圖書館，不過如果只是還書不需要去借書的地方還也沒關係，所以他接受了建議，去的是離他比較近的站前圖書館。

第2回 聽解 問題2 P74-77

1

解　答 2

聽解內文 男の人と女の人が話しています。大山商会の電話番号は何番ですか。

M：大山商会の電話番号を教えてくれますか。

F：ええと、大山商会ですね。0247 の 98 の 3026 です。

M：0247 ？それは隣の市だから、違うのではありませんか。

F：あ、ごめんなさい、0247 は一つ上に書いてある番号でした。大山商会は、0248 の 98 の 3026 です。

M：わかりました。ありがとうございます。

大山商会の電話番号は何番ですか。

聽解翻譯 男士和女士正在交談。請問大山商會的電話號碼是幾號呢？

M：可以告訴我大山商會的電話號碼嗎？

F：我查一下……是大山商會吧？０２４７－９８－３０２６。

M：０２４７？那是隔壁市的區域號碼，會不會弄錯了？

F：啊！對不起！０２４７是寫在上一則的電話號碼。大山商會是０２４８－９８－３０２６。

M：好，謝謝妳。

請問大山商會的電話號碼是幾號呢？

選項翻譯	1　0248－98－3025	2　0248－98－3026
	3　0248－98－3027	4　0247－98－3026

解　說　剛開始說的「0247 の 98 の 3026」是錯的，正確的是「0248 の 98 の 3026」。

2

解　答　3

聽解內文　女の学生と男の学生が話しています。男の学生は、何人の家族で暮らしていますか。

F：渡辺さんは、下に弟さんか妹さんがいるのですか。

M：弟は二人いますが、妹はいません。しかし、姉が二人います。

F：ごきょうだいとご両親で、暮らしているのですか。

M：いえ、それに祖母も一緒です。

F：ご家族が多いんですね。

男の学生は、何人の家族で暮らしていますか。

聽解翻譯　女學生和男學生正在交談。請問這位男學生家裡有多少人住在一起呢？

F：渡邊同學，你下面還有弟弟或妹妹嗎？

M：我有兩個弟弟，但是沒有妹妹；不過，有兩個姊姊。

F：你和姊姊弟弟以及爸媽都住在一起嗎？

M：不是，還有奶奶也住在一起。

F：你家裡人好多呀！

請問這位男學生家裡有多少人住在一起呢？

選項翻譯　1　五個人　　2　七個人　　3　八個人　　4　九個人

解　說　渡邊本人和弟弟兩人、姐姐兩人、父、母、祖母，加起來共八個人。

3

解　答　2

聽解內文　男の人と女の人が公園で話しています。　子どもは、今、どこにいるのですか。

M：こんにちは。今日はお子さんと一緒に公園を散歩しないのですか。

F：子どもは、明日、学校でテストがあるので、自分の部屋で勉強しています。

M：そうですか。何のテストですか。

F：漢字のテストです。明日の午後は一緒に公園に来ますよ。

子どもは、今、どこにいるのですか。

聽解翻譯　男士和女士正在公園裡交談。請問孩子現在在哪裡呢？

M：妳好！今天沒有和孩子一起來公園散步嗎？

F：孩子明天學校有考試，正在自己房間裡用功。

M：這樣啊。考什麼科目呢？

F：漢字測驗。我明天下午會帶他一起來公園喔！

請問孩子現在在哪裡呢？

選項翻譯	1　公園　2　孩子的房間　3　學校　4　公寓

解　說　因為提到「自分の部屋で勉強しています」，所以孩子現在在房間裡。為什麼不到公園來、明天有什麼測驗等話題，和答案沒有關係。

4

解　答　3

聽解內文

教室で先生が話しています。明日学校でやる練習問題は、何ページの何番ですか。

M：今日は 33 ページの問題まで終わりましたね。あとの練習問題は宿題にします。

F：えーっ、次の 2 ページは全部練習問題ですが、この 2 ページ全部宿題ですか。

M：うーん、ちょっと多いですね。では、34 ページの 1・2 番と、35 ページの 1 番だけにしましょう。

F：34 ページの 3 番と、35 ページの 2 番は、しなくていいのですね。

M：はい。それは、また明日、学校でやりましょう。

明日学校でやる練習問題は、何ページの何番ですか。

聽解翻譯

老師正在教室裡說話。請問明天要在學校做的練習題是第幾頁的第幾題呢？

M：今天已經做到第三十三頁的問題了吧。剩下的練習題當作回家功課。

F：不要吧——！接下來兩頁都是練習題，這兩頁全部都是回家功課嗎？

M：嗯，好像有點多哦。那麼，只做第三十四頁的第一、二題，還有第三十五頁的第一題吧。

F：那第三十四頁的第三題，還有第三十五頁的第二題不用寫嗎？

M：對，那幾題留到明天來學校寫吧！

請問明天要在學校做的練習題是第幾頁的第幾題呢？

選項翻譯

1　第三十四頁的全部和第三十五頁的全部

2　第三十四頁的第一、二題和第三十五頁的第一題

3　第三十四頁的第三題和第三十五頁的第二題

4　第三十四頁的第二題和第三十五頁的第三題

解　說　作業是「34 ページの１・２番と、35 ページの１番」，另外的「34 ページの３番と、35 ページの２番」明天在學校做。

5

解　答　4

聽解內文

女の学生と男の学生が話しています。男の学生は、１日に何時間ぐらいゲームをやりますか。

F：１日に何時間ぐらいゲームをやりますか。

M：朝、起きてから 30 分、朝ごはんを食べてから、学校に行く前に 30 分。それから……

F：学校では、ゲームはできませんよね。

M：はい。だから、学校から帰って 30 分で宿題をやって、夕飯まで、また、ゲームをやります。

F：帰ってからも？どれぐらいですか。

M：6 時半ごろ夕飯を食べるから、2 時間ぐらいです。

男の学生は、１日に何時間ぐらいゲームをやりますか。

聽解翻譯

女學生和男學生正在交談。請問這位男學生一天玩電動遊戲大約幾小時呢？

F：你一天大約玩電動遊戲幾小時呢？

M：早上起床後三十分鐘、吃完早飯後上學前再三十分鐘，還有……。

F：在學校不能玩電動遊戲吧？

M：對，所以放學回家後寫功課三十分鐘，然後在吃晚飯之前再玩一下。

F：放學回家後也會玩？大概玩多久呢？

M：六點半左右吃飯，所以大概兩個小時。

請問這位男學生一天玩電動遊戲大約幾小時呢？

選項翻譯　1　一個小時　　2　一個半小時　　3　兩個小時　　4　三個小時

解　說　「朝、起きてから」三十分鐘＋「学校に行く前に」三十分鐘＋「学校から帰って～夕飯まで」兩個小時，共計三小時。

6

解　答　3

聽解內文

男の人と女の人が話しています。明日のハイキングに行く人は何人ですか。

F：明日のハイキングには、誰と誰が行くんですか。

M：君と、僕。それから、僕の友だちが 3 人行きたいと言っていました。その中の二人は、奥さんもいっしょに来ます。

F：そうですか。私の友だちも二人来ます。

M：それは、楽しみですね。

明日のハイキングに行く人は何人ですか。

聽解翻譯 男士和女士正在交談。請問明天要去健行的有幾個人呢？

F：明天的健行，有誰和誰要去呢？

M：你和我，還有我有三個朋友說過想去，其中兩人的太太也一起來。

F：這樣呀。我的朋友也有兩個要來。

M：那明天一定會很開心喔！

請問明天要去健行的有幾個人呢？

選項翻譯 1　五個人　　2　七個人　　3　九個人　　4　十個人

解　說 因為有女士、男士、男士朋友三個人、男士朋友的太太兩個人、女士的朋友兩人，所以合起來是九個人。

第2回　聽解　問題3　P78-81

1

解　答 1

聽解內文 学校から帰るとき、先生に会いました。何と言いますか。

F：1．さようなら。

2．じゃ、お元気で。

3．こんにちは。

聽解翻譯 從學校放學回家時遇到了老師。請問這時該說什麼呢？

F：1．再見。

2．那麼，請多保重。

3．午安。

解　說 回家時向尊長道別的致意語是「さようなら」。和同輩朋友也可以使用「さようなら」，不過更常用的是「バイバイ（bye-bye）」和「じゃ、また明日（那，明天見囉）」等。

其他選項

2　這是向接下來有一段時間見不到面的人，譬如去旅行的人，或是要搬家的人說的臨別致意。

3　這是用於中午到日落之間的問候語。

2

解　答 2

聽解內文 お隣の家に行きます。入り口で何と言いますか。

F：1．おーい。

2．ごめんください。

3．入りましたよ。

聽解翻譯	**去隔壁鄰居家。請問這時在大門處該說什麼呢？**

F：1．喂！

2．有人在家嗎？

3．我進來了喔！

解　說　在別人家門口朝屋裡探問有沒有人在時，通常會用「ごめんください」。

其他選項
1　這是用於叫喚位於遠處的朋友時的呼喚聲。
3　這句話單獨使用時語意不明。

3

解　答　3

聽解內文　おじさんに、本(ほん)を借(か)りました。返(かえ)すとき、何(なん)と言(い)いますか。

M：1．ごちそうさまでした。

2．失礼(しつれい)しました。

3．ありがとうございました。

聽解翻譯　**向叔叔借了書。請問歸還的時候該說什麼呢？**

M：1．我吃飽了。

2．先失陪了。

3．謝謝您。

解　說　原則上，若是向對方剛剛做完的事，或是即將做的事表示感謝，就用「ありがとうございます」，如果是對已經完成的事表示感謝，則用「ありがとうございました」。因此，在借書的當下應該說「ありがとうございます」，而歸還時則說「ありがとうございました」。

其他選項
1　這是用餐結束時的致意語。
2　這句話可以用於各種情況時，但表示的是致歉之意，沒有道謝的意涵。

4

解　答　1

聽解內文　八百屋(やおや)でトマトを買(か)います。お店(みせ)の人(ひと)に何(なん)と言(い)いますか。

F：1．トマトをください。

2．トマト、いりますか。

3．トマトを買(か)いました。

聽解翻譯　**要在蔬果店買蕃茄。請問這時該向店員說什麼呢？**

F：1．請給我蕃茄。

2．你要蕃茄嗎？

3．我買了蕃茄。

解　說　表明想要買蕃茄的答案只有選項1而已。

其他選項
2　這句話是問蔬果店的店員蕃茄是不是需要的，語意不明。
3　這句話表示已經買下蕃茄了。

5

解　答　2

聽解內文　友だちが新しい服を着ています。何と言いますか。

F：1．ありがとう。

2．きれいなスカートですね。

3．どういたしまして。

聽解翻譯　朋友穿了新衣服來。請問這時該說什麼呢？

F：1．謝謝。

2．這裙子好漂亮喔！

3．不客氣。

解　說　答案可以有很多種，但是選項當中比較適合作為答案的，只有稱讚服裝好看的２。

其他選項　１　這句話是用來致謝的。

３　這句話是用來回禮的。

第2回　聽解　問題4　P82

1

解　答　2

聽解內文　F：今、何時ですか。

M：1．3月３日です。

2．12時半です。

3．５分間です。

聽解翻譯　F：現在是幾點呢？

M：1．三月三號。

2．十二點半。

3．五分鐘。

解　說　由於詢問的是時間，因此只有回答時間的選項２為正確答案。

其他選項　１　這個回答的是日期。

３　這個回答的是時間的長度。

2

解答　2

聽解內文

M：今日の夕飯は何ですか。

F：1．7時にはできますよ。

2．カレーライスです。

3．レストランには行きません。

聽解翻譯

M：今天晚飯要吃什麼呢？

F：1．七點前就會做好了喔！

2．咖哩飯。

3．不會去餐廳。

解說　回答餐餚名稱的只有選項２而已。

其他選項

1　這是針對「夕飯は何時ですか（幾點要吃晚餐呢）」所做的回答。

3　對方的詢問中沒有提到餐廳。

3

解答　2

聽解內文

M：そのサングラス、どこで買ったんですか。

F：1．安かったです。

2．駅の前のめがね屋さんです。

3．先週の日曜日です。

聽解翻譯

M：那支太陽眼鏡是在哪裡買的呢？

F：1．買得很便宜。

2．在車站前面的眼鏡行。

3．上星期天買的。

解說　由於問的是「どこで」，而回答地點的只有選項２而已。

其他選項

1　對方沒有問到價錢。

3　對方沒有問是什麼時候購買的。

4

解答　1

聽解內文

M：荷物が重いでしょう。私が持ちましょうか。

F：1．いえ、大丈夫です。

2．そうしましょう。

3．どういたしまして。

聽解翻譯

M：東西很重吧？要不要我幫你提？

F：1．不用了，我沒問題的。

2．那就這樣吧。

3．不客氣。

解　說　男士所說的「動詞ましょうか」，雖然可以用於提議雙方一起做某件事，但在這裡是用「私が」（由我來做），因此男士的這句話意思是女士不用提重物，交由自己來提就好了，而在選項中只有 1 是有禮貌的婉拒回應，因此是唯一適當的答案。

其他選項

2　「そう」是用於只對方剛剛講過的話，在這裡的對話裡是指「男の人が荷物を持つ（男士提重物）」。但是，「動詞ましょう」是指雙方一起做某件事，這個回答與問話產生矛盾。「動詞ましょう」有時候會用作委婉的命令，但沒有委託的意涵。假如是希望由男士單獨，而不是兩人一起提重物的時候，可以說「すみませんが、お願いします（不好意思，麻煩您了）」之類的請託語。

3　這句話用於答謝的時候。

5

解　答　2

聽解內文

F：今(いま)、どんな本(ほん)を読(よ)んでいるのですか。

M：1．はい、そうです。

2．やさしい英語(えいご)の本(ほん)です。

3．図書館(としょかん)で借(か)りました。

聽解翻譯

F：你現在正在讀什麼書呢？

M：1．是的，沒錯。

2．簡易的英文書。

3．在圖書館借來的。

解　說　「どんな本」是詢問關於書籍內容的說明，因此適切的答案只有選項 2 而已。

其他選項

1　「そうです」是用在 Yes-No 的一般疑問句的回答，不會作為特殊疑問句的答案。

3　就廣義來說，如何取得書籍的途徑也包括在「どんな本」的說明之中，但通常提問「どんな本」的時候，僅止於詢問書籍的內容而已。

6

解　答　1

聽解內文

F：えんぴつを貸(か)してくださいませんか。

M：1．はい、どうぞ。

2．ありがとうございます。

3．いいえ、いいです。

聽解翻譯

F：可以借我鉛筆嗎？

M：1．來，請用。

2．謝謝妳。

3．不，不用了。

解　說　回答是否要出借的答案只有選項 1 而已。

其他選項

2　這是用於致謝，而不是回答央託事項的用詞。

3　這是用於拒絕提議，而不是回答央託事項的用詞。

第3回 言語知識（文字・語彙） 問題1 P84-85

1

解答 2

題目翻譯 睡了很長一段時間。

解說 像形容詞等有語尾活用變化的字，唸法通常是訓讀，「長い」讀作「ながい」。音讀讀作「ちょう」，如「社長／しゃちょう（社長）」等。

2

解答 2

題目翻譯 在水果當中你喜歡哪種呢？

解說 「何」訓讀是「なに」或「なん」，代替名稱或情況不瞭解的事物，或用在詢問數字時。一般來說，表示「什麼」時，常讀作「なに」，表示「多少」時，常讀作「なん」。

3

解答 2

題目翻譯 我騎自行車上學。

解說 「自」、「転」、「車」合起來用音讀，唸作「じてんしゃ」。請注意「車」音讀是拗音「しゃ」，不是「しや」；另外，「車」當一個單字時用訓讀，唸作「くるま」。

4

解答 1

題目翻譯 我家附近有條很美麗的河。

解說 「川」當一個單字時用訓讀，唸作「かわ」。

5

解答 3

題目翻譯 盒子裡裝有五個糕餅。

解說 「五」純粹作數字時，通常用音讀，唸作「ご」。後面接著「つ」表示「…個」，用訓讀讀作「いつ」。

6

解答 4

題目翻譯 出口在那邊。

解說 「出」與「口」合起來，表示「出口」的意思，用訓讀，唸作「でぐち」。請特別注意，這個用法的「口」是訓讀「くち」，產生連濁唸作「ぐち」。「口」音讀讀作「こう」，如「人口／じんこう（人口）」。

7

解　答	1
題目翻譯	**等我變成大人以後，想要去很多不同的國家。**
解　說	「大きい」用訓讀，讀作「おおきい」；音讀則唸作「だい」。「人」訓讀讀作「ひと」；音讀讀作「じん」或「にん」，如「日本人／にほんじん（日本人）」、「3人／さんにん（三個人）」等。但「大人」二字要唸「おとな」，請留意這種特殊的讀音方式。

8

解　答	1
題目翻譯	**答案已經全部懂了。**
解　說	「全」加上「部」，合起來表示「全部」的意思，用音讀，唸作「ぜんぶ」。

9

解　答	2
題目翻譯	**每天暑熱逼人，您是否安好呢？**
解　說	有語尾活用變化的字，唸法通常是訓讀，「暑い」用訓讀，讀作「あつい」。表示氣溫高用「暑い」，它的反義詞是「寒い／さむい（寒冷的）」；表示其他物品溫度高時，用「熱い／あつい（熱的，燙的）」，它的反義詞是「冷たい／つめたい（冰涼的）」。

10

解　答	3
題目翻譯	**這個月買了三本書。**
解　說	「今」音讀讀作「こん」，含有「這次」的意思，和「月」合起來唸作「こんげつ」，表示「這個月」的意思。請小心「月」在這邊的用法是音讀，但必須讀作「げつ」，而不是「がつ」。另外，「今」訓讀唸作「いま」，表示「現在」的意思。

第3回　言語知識（文字・語彙）　問題2　P86

11

解　答	1
題目翻譯	**我住在一棟小公寓的二樓。**
解　說	留意長音的片假名表記「ー」及位置。另外，要小心別把片假名「ア」跟「マ」，或「ト」跟「イ」搞混了。

12

解　答	2
題目翻譯	**我一個人去買東西了。**
解　說	「ひとり」是「一人」的讀音，請多加留意這種特殊唸法。這個單字意思與中文相同，但答題時得小心不要把「人」跟「入」看錯囉。

13

解　答	4
題目翻譯	**每天都會洗澡。**
解　說	「まい」、「にち」分別是「毎」、「日」兩字的音讀。請特別注意，「毎」下方的寫法跟「毋」不同。

14

解　答	2
題目翻譯	**這種藥要在晚飯後服用。**
解　說	「くすり」是漢字「薬」的訓讀。請特別留意，寫法跟中文的「藥」字不同。

15

解　答	3
題目翻譯	**到了冬天，由於雪的緣故，群山都變成白色的。**
解　說	「しろい」是形容詞「白い」的訓讀。

16

解　答	1
題目翻譯	**舉起手回答了。**
解　說	「て」是漢字「手」的訓讀。單字意思與中文相同，但背單字時要小心別把假名「て」跟「そ」搞混了。

17

解　答	4
題目翻譯	**家父跟家母都安好。**
解　說	「げん」、「き」分別是「元」、「気」兩字的音讀。請特別注意，「気」跟中文「氣」字的寫法不同。

18

解　答	2
題目翻譯	**下午和朋友去看電影。**
解　說	「ご」、「ご」分別是「午」、「後」兩字的音讀。單字意思大致與中文相同，但兩者讀音一樣，所以得小心別把字序看錯了，正確順序是「午後」，不是「後午」。

19

解　答	4
題目翻譯	**這家店的（麵包）非常好吃。**
選項翻譯	1　剪刀　2　鉛筆　3　玩具　4　麵包
解　說	從後項的「おいしい」，推出前項主語是食物，所以答案是「パン」。

20

解　答	2
題目翻譯	**買五百（公克）的肉和大家一起吃了。**
選項翻譯	1　俱樂部　2　公克　3　玻璃杯　4　公升
解　說	日本人日常生活購買肉類時，通常是以公克是單位。因此，由「にく」可以對應到答案的「グラム」。

21

解　答	3
題目翻譯	**在信封上貼上郵票，投進了（郵筒）。**
選項翻譯	1　門　2　玄關　3　郵筒　4　明信片
解　說	從前項「ふうとう」、「きって」二字，以及後項的「いれました」，推出空格應該要填入相關用詞「ポスト」。

22

解　答	1
題目翻譯	**我哥哥（一邊聽）音樂一邊讀書。**
選項翻譯	1　一邊聽　2　一邊打　3　一邊玩　4　一邊吹
解　說	日語中，表示「聽音樂」動詞用「きく」。因此，由「おんがく」可以對應到答案的「ききながら」。句型「動詞ながら」表示同一主體同時進行兩個動作。

23

解　答	3
題目翻譯	**已經是中午了，所以吃了（便當）。**
選項翻譯	1　盤子　2　晚飯　3　便當　4　桌子
解　說	「～ので」表示理由。看到前項出現「おひるになった」，推出後項是吃「おべんとう」。

24

解答 4

題目翻譯 我們（下週）的星期天再次見面吧。

選項翻譯 1 明年　2 去年　3 昨天　4 下週

解說 由「また」、「あいましょう」可以知道題目句在說未來的事，由「にちようび」可以對應到答案的「らいしゅう」。

25

解答 1

題目翻譯 這杯（茶）太燙了。

選項翻譯 1 茶　2 冷水　3 領帶　4 電影

解說 由後項的「あつい」可以對應到答案的「おちゃ」。在日語中，一般來說不會用「あつい」去形容「みず」，要表達「熱水」的話，通常會用「おゆ／お湯」，因此這一題的選項２並不適合當答案。

26

解答 3

題目翻譯 牆壁上（掛）著一幅玫瑰的畫作。

選項翻譯 1 吊掛　2 下降　3 掛　4 裝飾

解說 由「かべ」跟「ばらのえが」可以對應到答案的「かかって」。句型「動詞＋ています」可以表示結果或狀態的持續。

27

解答 1

題目翻譯 孩子們正在門（前）玩耍。

選項翻譯 1 前　2 上　3 下　4 哪裡

解說 用「場所＋で」句型，前項是後項動作進行的場所。插圖中，孩子們在門前玩耍，因此答案是「まえ」。

28

解答 4

題目翻譯 我在圖書館借了（三本）書。

選項翻譯 1 三張　2 三支　3 三個　4 三本

解說 題目問的是量詞。在日語中，表示「ほん」的數量時，必須用「～さつ」。插圖中，櫃臺上的書有三本，因此答案是「さんさつ」。

29

解答	2
題目翻譯	我的大學就在不遠處。
選項翻譯	1 我的大學離這裡有點遠。　2 我的大學離這裡很近。 3 我的大學離這裡相當遠。　4 我的大學就在這前面。
解說	「すぐそこ」是解題關鍵字，指的是「不遠處」的意思，意思等於「すぐちかく」。

30

解答	3
題目翻譯	我每天晚上十一點睡覺。
選項翻譯	1 我早上有時會在十一點睡覺。　2 我晚上有時會在十一點睡覺。 3 我晚上總是在十一點睡覺。　4 我早上總是在十一點睡覺。
解說	這一題的「まいばん」是解題關鍵，可以對應到答案句的「よる」及「いつも」。

31

解答	4
題目翻譯	我溜冰的技術還不夠好。
選項翻譯	1 我溜冰的技術終於變好了。　2 我還沒辦法喜歡溜冰。 3 我溜冰的技術又變差了。　4 我溜冰的技術還很差。
解說	這一題的解題關鍵在於「じょうずではありません」，是形容動詞「じょうず」的否定形，可以對應到答案句中「じょうず」反義詞的「へた」。

32

解答	2
題目翻譯	前年我們在東京見過面吧？
選項翻譯	1 今年我們在東京見過面吧？　2 兩年前我們在東京見過面吧？ 3 三年前我們在東京見過面吧？　4 一年前我們在東京見過面吧？
解說	「おととし」是解題關鍵字，意思等於「２ねんまえ」。

33

解答	1
題目翻譯	趁著天色還是亮著的時候出了家門。
選項翻譯	1 在天色變暗之前出了家門。　2 出了家門以免遲到。 3 因為天色還亮所以出了家門。　4 因為天色已經變暗所以出了家門。
解說	這一題的「まだあかるいときに」是解題關鍵，可以對應到答案句的「くらくなるまえに」。請留意副詞「まだ」的用法。「形容詞＋とき」意是「…的時候」；「形容詞く＋なります」表示事物的變化。

第3回 言語知識（文法） 問題1 P91-93

1

解答	2
題目翻譯	晚上我打了電話（給）媽媽。
解說	表示後項「でんわをかけました」這個動作的對象，用格助詞「に」。

2

解答	1
題目翻譯	早上（用）蕃茄做了果汁喝下。
解說	表示製作某種東西時，使用的材料，用格助詞「で」，中文可以翻譯成「用…」。由「トマト」與「ジュースをつくって」的關係，可以對應到答案。

3

解答	4
題目翻譯	A「你（明天）要去和誰見面呢？」 B「小學時代的老師。」
解說	由「会いますか」及句意，知道時態是未來式，可以對應到答案的「あした」。如果題目改成「～会いましたか」，時態是過去式，則選項1到3皆可以填入空格中。

4

解答	1
題目翻譯	A「這把傘是（向）誰借的呢？」 B「向鈴木先生借的。」
解說	表示從某對象借東西，用格助詞「から」。由後面的「かりた」，可以對應到答案。又，這一題空格也可以填入「に」。

5

解答	3
題目翻譯	我一年前（來到了）日本。
解說	由「1年まえ」知道時態是過去式，可以對應到答案的「来ました」。

6

解答	4
題目翻譯	前往餐廳吃飯。
解說	表示「食事」是「行きます」這個動作的目的，用格助詞「に」。

7

解答 2

題目翻譯 **在蔬果店買了水果（和）蔬菜。**

解說 用助詞「や」，表示在幾個事物中，列舉出二、三個來做是代表，其他的事物則被省略。雖然中文可以翻譯成「…和…」，這句話暗指買了「くだもの」和「やさい」之外，還買了其他東西，但省略不說。

8

解答 1

題目翻譯 **我（既）喜歡狗也喜歡貓。**

解說 用句型「～も～も」，表示同性質的東西並列或列舉，是「…也…」的意思。由後面的「ねこも」，可以對應到答案。

9

解答 2

題目翻譯 **到底（要）去還是不去，現在還不知道。**

解說 句型「～か～ないか」表示同一個語詞的肯定與否定兩種選項，是「是…還是不…」的意思。因此，「行く」及「行かないか」間空格應該要填入「か」。

10

解答 4

題目翻譯 **桌上（什麼東西都）沒有。**

解說 用句型「疑問詞＋も＋否定」，表示全面否定，中文可以翻譯成「也（不）…」。這一題答案可以對應到後項的「ありません」。

11

解答 1

題目翻譯 **媽媽「功課（還沒）寫完嗎？」**

小孩「再一下下就寫完了。」

解說 「まだ」後接否定，表示某件事情到現在都還沒完成，是「還沒…」的意思。由第二句的「もうすこしでおわります」，可以對應到答案。

12

解答 1

題目翻譯 **這家店的拉麵（既便宜）又好吃。**

解說 當連接兩個形容詞作述部時，必須將前面的形容詞詞尾「い」改成「く」，再接上「て」。因此，連接「やすい」、「おいしい」後，就是「やすくておいしい」，表示屬性的並列，意思是「既…又…」。

13

解　答　4

題目翻譯　這座公園（既安靜）又遼闊。

解　說　當連接形容動詞與形容詞作述部時，必須將前面的形容動詞詞尾「だ」改成「で」。因此，連接「しずか」、「ひろい」後，就是「しずかでひろい」，表示屬性的並列，意思是「既…又…」。

14

解　答　3

題目翻譯　「不好意思，麻煩將這封信轉交（給）你姊姊。」

解　說　表示後項「わたして」這個動作的對象，用格助詞「に」。

15

解　答　1

題目翻譯　我妹妹的歌唱得（很好）。

解　說　形容動詞詞尾「だ」改成「に」，可以用來修飾後面的動詞。因此，答案的「じょうずに」，在這裡句修飾了後項的「うたいます」。

16

解　答　3

題目翻譯　媽媽「為什麼（不走）快一點呢？」

孩子「人家腳痛嘛！」

解　說　由「どうして」可以知A提出問句，可以保留選項２跟３。又，「動詞たい」用在疑問句時，表示聽話者的願望，根據B的意思可以刪除２，因此空格應該要填入選項３，用「～のだ／んだ」表示對某狀況進行說明或要求說明。

第3回（だい かい）　言語知識（文法）（げんごちしき ぶんぽう）　問題2（もんだい）　P94-95

17

解　答　2

正確語順　店員（てんいん）「むこうの　本（ほん）だなの　上（うえ）から　2ばんめに　あります。」

題目翻譯　（在書店裡）

山田「請問旅遊類的書在哪裡呢？」

店員「在那邊的書架從上面往下數第二層。」

解　說　用句型「～は～にあります」，表示某物存在於某處。這一題已提到某物是「りょこうの本」，所以店員可以省略掉開頭的「りょこうの本は」，直接回答「～にあります」，得出第四格是１。又，表示物品放置於櫃、架的某一層，可以用「方位＋から＋數字＋ばんめ（從…數第…）」，所以第三、四格合併後就是「上から２ばんめに」，得出★處是２。選項３、４則說明旅遊書在什麼的「上から２ばんめ」。

18

解答 4

正確語順 学生（がくせい）「テストの　日（ひ）には、何（なに）を　もって　きますか。」

題目翻譯 學生「請問考試那一天該帶什麼東西來呢？」

老師「帶鉛筆和橡皮擦就好了。」

解說 「もって」是他動詞，目的語後面必須搭配「を」，得出選項1、2、3的正確排序是「何をもって」。又，句型「〜てくる」表示動作由遠而近，向說話人的位置、時間點靠近，中文可以翻譯成「…來」。因此，「きます」接在「もって」後面，得出★處是4。

19

解答 2

正確語順 A「あなたの　家（いえ）の　近（ちか）くに　公園（こうえん）は　ありますか。」

題目翻譯 A「你家附近有公園嗎？」

B「有，有一座非常大的公園。」

解說 「の」可以連接兩個名詞，表示用名詞修飾名詞，所以選項2必定會接在選項3之後。又，可能的語順排列有「家のあなたの近くに」、「家の近くにあなたの」、「あなたの家の近くに」、「あなたの近くに家の」、「近くに家のあなたの」或「近くにあなたの家の」，但只有第三個放回原句意思才通順，得出★處應該要填入「の」。

20

解答 2

正確語順 B「いいえ。どこへも　行（い）きませんでした。」

題目翻譯 A「星期天有沒有去了哪裡玩呢？」

B「沒有。哪裡都沒去。」

解說 動詞過去否定式敬體用「〜ませんでした」，得出第四格是1。「へ」可以用在表示行為的目的地，所以接在場所疑問代名詞「どこ」的後面。又，用句型「疑問詞＋も＋否定」，表示全面否定，是「都（沒）…」的意思。請注意日語中沒有「どこもへ」的說法，正確語順是「どこへも」，得出★處是2。

21

解答 1

正確語順 B「野球（やきゅう）も　すきですし　サッカーも　すきですよ。」

題目翻譯 A「你喜歡哪種運動呢？」

B「我既喜歡棒球也喜歡足球喔。」

解說 「です」用在句尾，表示對主題的斷定或說明，得出第四格是4。又，用句型「〜も〜も」，表示同性質的東西並列或列舉，是「…也…」的意思。「サッカー」跟「野球」都屬於運動類，可以推出選項2、3正確語順是「サッカーも」。選項1的「〜し〜（既…又…）」，用在並列陳述性質相同的複數事物，對N5程度來說或許有點難，但就語意而言，出現「すき」的選項1、4不會連在一起，因此推出「サッカーも」會填在第二、三格，得出★處是1。

第3回（だい かい） 言語知識（文法）（げんごちしき ぶんぽう） 問題3（もんだい） P96

文章翻譯

在日本留學的學生以〈星期天做什麼呢〉為題名寫了一篇文章，並且在班上同學的面前誦讀給大家聽。

我星期天總是很早起床。打掃完房間、洗完衣服以後，我會到附近的公園散步。那座公園很大，有好幾棵大樹，也開著很多美麗的花。

下午我會去圖書館，在那裡待三個小時左右，看看雜誌或者是讀讀功課。從圖書館回來的路上買做晚飯用的蔬菜和肉等等。晚飯一面看電視，一面自己一個人慢慢吃。

晚上大約用功兩個小時就早早上床睡覺。

22

解答　2

解說　由於接在後面的「そうじ」是名詞，因此空格要填入「の」。假如後面接的是動詞「そうじします」，空格就要填入「を」。

23

解答　4

解說　由於「こうえんはとてもひろいです（那座公園很大）」與「こうえんは大きな木が何本もあります（公園裡有好幾棵大樹）」連結在同一個句子裡，因此「ひろいです」變成「ひろくて」。這就是當句子中途有小停頓時，所使用的「形容詞くて」句型。

24

解答　4

選項翻譯

1（有生命的動物）有　　2　需要

3　×　　4（無生命物或植物）有

解說　植物存在要用「あります」。

25

解答　1

解說　用句型「動詞たり、動詞たりします」，可以表示動作並列，意指從幾個動作之中，例舉出兩、三個有代表性的，並暗示還有其他的。由前面的「読んだり」，可以對應到答案。

26

解答　3

解說　考慮看電視和吃晚飯這兩件行為的相關性，應該採用表示動作同時進行的「動詞ながら」最為適切。

27

解 答 3

文章翻譯 (1)

我放學回家的途中和妹妹一起去了醫院。因為奶奶生病住在醫院裡。

奶奶本來在睡覺，但是到了晚飯的時間她就醒過來，而且很有精神地吃了飯。

題目翻譯 「我」在放學回家途中做了什麼事呢？

選項翻譯

1 生病去醫院了。　　2 帶妹妹去了醫院。

3 去探視了生病住院的奶奶。　　4 和妹妹在醫院吃了晚飯。

解 說 在第一段中提到「わたし」放學以後做的事，所以答案是選項3。再看看可能比較有問題的選項2，由於在文章中寫的是「妹とびょういんに行きました」，因此「わたし」和「妹」是對等的關係，兩人同樣身為主體採取了「行く」的行動。如果是選項2的「妹をびょういんにつれて行きました」，那麼「わたし」在上位、或是主導，而「妹」在下位、或是從屬的關係，那麼身為主體做了「行った」行為的只有「わたし」，而妹妹則是被動的角色。像這樣的敘述方式，通常會用在當「妹」生病的時候。

28

解 答 4

文章翻譯 (2)

擺在我桌上的*水族箱裡有魚。有兩條既黑又大的魚，還有三條既白又小的魚。

水族箱裡面有小石頭和三株*水草。

＊水族箱：用來裝魚的玻璃箱。

＊水草：長在水裡的草。

題目翻譯 「我」的水族箱是哪一個呢？

解 說 請用刪除法找出正確答案。首先，用魚的數量刪去選項1和2。接著，由於每幅圖都有「小さな石」，但是題目提到「水草を3本」，因此正確答案是選項4。

29

解 答 2

文章翻譯 (3)

雪子小姐的桌上擺著一張田中先生寫給她的紙條。

雪子小姐

由於家母染上風寒，請假在家休息，所以明天沒辦法去參加派對了。我今天會在七點前回到家，請打電話給我。

田中

題目翻譯 雪子小姐五點回到家裡。請問她會做什麼事呢？

選項翻譯	1　等候田中先生打電話過來。	2　在七點多打電話給田中先生。
	3　馬上打電話給田中先生。	4　七點左右去田中先生家。

解　說　由於「7時には家に帰るので、電話をしてください」，因此要等到七點再打電話。還有，「7時には」和「7時に（在七點）」不同，意思是「最遲也會在七點之前」。 關於這個助詞「は」的用法，現在不太清楚沒關係，但希望往後可以逐漸明白其正確用法。

第3回（だい かい）　読解（どっかい）　問題5（もんだい）　P100

文章翻譯

我每天都走路去上學。今天早上很晚才起床，所以連早餐也沒吃就出門了。然而，快到學校附近的時候，才*發現忘記帶行動電話了，我又跑回家去拿。行動電話就擺在房間的桌上。

一看時鐘，已經八點三十八分了。這樣上課會遲到，於是我騎了自行車去。結果在八點四十六分進了教室。平常都是八點四十五分開始上課，但是那天還沒開始。

＊發現：知道。

30

解　答　2

題目翻譯　快到學校附近的時候，「我」發現了什麼事？

選項翻譯	1　沒吃早餐	2　行動電話忘在家裡了
	3　行動電話擺在桌上	4　不用跑的就會遲到

解　說　既然被問到關於下加底線部分的問題，首先就從其附近開始尋找解答。題目問的是「何に気がつきましたか」，而在文章中出現「～ことに気がつきました」，因此與「何」相當的部分就是「～こと」。

31

解　答　4

題目翻譯　「我」是在幾點幾分進到教室的呢？

選項翻譯　1　八點三十八分　2　八點四十分　3　八點四十五分　4　八點四十六分

解　說　原文倒數第三行很明確地寫著正確答案。

讀解 1 2 3 4 5 6 CHECK 1 2 3

大島電器行

7月買這些最優惠！

7月最便宜！（7月1日～31日）

僅限一天優惠

7月16日（四）	7月17日（五）	7月18日（六）	7月19日（日）
烤土司機 果汁機	電子鍋 洗衣機	電腦 吹風機	烤土司機 數位相機

限時特價優惠！

7月15～18日上午10點	7月18・19日下午6點
烤土司機 洗衣機	電子鍋 冰箱

32

解　答　4

題目翻譯　山中小姐從七月份以後就要搬進新租的公寓裡一個人住了。請問哪一天同時買*電子鍋和*烤土司機最為優惠呢？由於山中小姐要上班，只有星期六或是星期日能去商店購買。

＊電子鍋：用途為炊煮米飯。

＊烤土司機：用途為烤土司麵包。

選項翻譯

1　七月十六號上午十點。

2　七月十七號上午十點。

3　七月十八號下午六點。

4　七月十九號下午六點。

解　說	山中小姐想買的電子鍋和烤土司機，並沒有出現在「７月中安い！」，因此想要買到優惠價，必須鎖定特定日期或時段。又，山中小姐只能在星期六或是星期日去商店購買，因此首先對照「１日だけ安い！」星期六和星期日的部分，發現十九日（日）烤土司機有特價。十七日雖然電子鍋有特價，但因為是星期五，所以山中小姐沒辦法去買。接下來看「決まった時間だけ安い！」的部分，十八和十九日的下午六點電子鍋有特價，因此只要在十九日的下午六點去買，就可以同時以優惠價買到這兩件小家電了。此外，「すいはんき」的漢字寫作「炊飯器」。

第3回　聽解　問題1　P103-107

1

解　答　4

聽解內文

店で、男の子と店の人が話しています。男の子は、どのパンを買いますか。

M：甘いパンをください。

F：甘いのはいろいろありますよ。どれがいいですか。

M：甘いパンの中で、いちばん安いのはどれですか。

F：この3個100円のパンがいちばん安いです。いくつ買いますか。

M：6個ください。

男の子は、どのパンを買いますか。

聽解翻譯

男孩正在商店裡和店員交談。請問這個男孩會買哪種麵包呢？

M：請給我甜麵包。

F：甜麵包有很多種喔，你喜歡哪一種呢？

M：請問在甜麵包裡面，哪一種最便宜呢？

F：這種三個一百日圓的最便宜。你要買幾個？

M：請給我六個。

請問這個男孩會買哪種麵包呢？

解　說　男孩想要的是最便宜的甜麵包，所以買的是「３個 100 円のパン」。

2

解　答　4

聽解內文

女の学生と男の学生が話しています。男の学生は、明日、何をしますか。

F：明日の土曜日は何をしますか。

M：今週は忙しくてよく寝なかったので、明日は一日中、寝ます。園田さんは？

F：午前中掃除や洗濯をして、午後はデパートに買い物に行きます。

M：デパートは、僕も行きたいです。あ、でも、宿題もまだでした。

F：えっ、あの宿題、月曜日まででしょう。１日では終わりませんよ。

男の学生は、明日、何をしますか。

聽解翻譯　女學生和男學生正在交談。請問這位男學生明天要做什麼呢？

F：明天星期六你要做什麼呢？

M：這星期很忙，都沒有睡飽，我明天要睡上一整天。園田同學呢？

F：上午要打掃和洗衣服，下午要去百貨公司買東西。

M：我也想去百貨公司……，啊，可是我功課還沒寫完。

F：嗄？可是那項功課不是星期一就要交了嗎？單單一天可是寫不完的喔！

請問這位男學生明天要做什麼呢？

選項翻譯　1　睡上一整天　2　打掃和洗衣服　3　去買東西　4　做功課

解　說　男學生原本打算睡一整天。接著聽見女學生要去百貨公司，於是說他也想去。不過，他想起來「あ、でも、宿題もまだでした」，而女學生說，作業星期一要交，一天做不完。因此，星期六、日都必須要做作業。

3

解　答　4

聽解內文　女の人と男の人が話しています。女の人は、これからどうしますか。

F：今日のお天気はどうですか。

M：テレビでは、曇りで、夕方から雨と言っていましたよ。

F：それでは、傘を持ったほうがいいですね。

M：3時頃までは大丈夫ですよ。

F：でも、帰りはたぶん5時頃になりますから、雨が降っているでしょう。

M：雨が降ったときは、僕が駅まで傘を持っていきますよ。

F：それでは、お願いします。

女の人は、これからどうしますか。

聽解翻譯　女士和男士正在交談。請問這位女士接下來會怎麼做呢？

F：今天天氣怎麼樣？

M：電視氣象說是陰天，而且傍晚會下雨哦！

F：這樣的話，要帶傘出去比較好吧。

M：到三點之前應該還不會下吧！

F：可是，回來大概是五點左右，那時應該正在下雨吧？

M：要是那時下了雨，我再送傘去車站給妳呀！

F：那就麻煩你了。

請問這位女士接下來會怎麼做呢？

選項翻譯　1　帶傘出門，三點左右回來　2　帶傘出門，五點左右回來

3　不帶傘出門，三點左右回來　4　不帶傘出門，五點左右回來

解　說　首先，女士回來的時候是「たぶん5時頃になります」。天氣預報傍晚會下雨，所以女士五點回來時，下雨的可能性相當高。女士想要帶雨傘，不過男士說「雨が降ったときは、僕が駅まで傘を持っていきますよ」，於是，她拜託了男士。總之，她打消了帶傘的念頭。

4

解答 3

聽解內文

女の人が外国人と話しています。女の人は、どんな料理を作りますか。

F：どんな料理が食べたいですか。

M：日本料理が食べたいです。

F：日本料理にはいろいろありますが、肉と魚ではどちらが好きですか。

M：そうですね。魚が好きです。

F：おはしを使うことができますか。

M：大丈夫です。

F：わかりました。できたらいっしょに食べましょう。

女の人は、どんな料理を作りますか。

聽解翻譯

女士和外國人正在交談。請問這位女士會做什麼樣的菜呢？

F：請問您想吃什麼樣的菜呢？

M：我想吃日本菜。

F：日本菜包括很多種類，請問你比較喜歡吃肉還是吃魚呢？

M：我想想……，我喜歡吃魚。

F：您會用筷子嗎？

M：沒問題。

F：好的，等我做好以後，我們一起吃吧！

請問這位女士會做什麼樣的菜呢？

解說

是「日本料理」又是「魚」的只有選項３。

5

解答 3

聽解內文

男の人と女の人が電話で話しています。男の人は何を買って帰りますか。

M：もしもし、今、駅に着きましたが、何か買って帰るものはありますか。

F：コーヒーをお願いします。

M：コーヒーだけでいいんですか。お茶は？

F：お茶はまだあります。あ、そうだ、コーヒーに入れる砂糖もお願いします。

M：わかりました。では、また。

男の人は何を買って帰りますか。

聽解翻譯

男士和女士正在電話中交談。請問這位男士會買什麼東西回來呢？

M：喂？我現在剛到車站，有沒有什麼東西要我買回去的？

F：麻煩買咖啡回來。

M：只要咖啡就好嗎？茶呢？

F：茶家裡還有。啊，對了！要加到咖啡裡面的砂糖也拜託順便買。

M：好，那我等一下就回去。

請問這位男士會買什麼東西回來呢？

選項翻譯	1　只要咖啡　2　咖啡跟茶　3　咖啡跟砂糖　4　咖啡跟牛奶
解　說	因為有「コーヒーをお願いします」和「コーヒーに入れる砂糖もお願いします」，所以買的是咖啡和砂糖。

6

解　答　3

聽解內文

女の人と店の人が話しています。女の人はどのコートを買いますか。

F：コートを買いたいのですが。

M：いろいろありますが、どんなコートですか。

F：長くて厚い冬のコートは持っていますので、春のコートがほしいです。

M：色や形は？

F：短くて白いコートがいいです。

M：それでは、このコートはいかがでしょう。

F：大きいボタンがかわいいですね。それを買います。

女の人はどのコートを買いますか。

聽解翻譯

女士和店員正在交談。請問這位女士會買哪一件大衣呢？

F：我想要買大衣。

M：有很多種款式，請問您想要哪種大衣呢？

F：我已經有冬天的長版厚大衣了，想要春天的大衣。

M：顏色和款式呢？

F：我想要短版的白色大衣。

M：那麼，這件大衣如何呢？

F：大大的鈕釦好可愛喔！我就買這件。

請問這位女士會買哪一件大衣呢？

解　說

請用刪除法找出正確答案。因為不需要「長くて厚い冬のコート」，所以刪掉選項1和2。想要的是短的白色外套，喜歡有「大きいボタン」的外套，所以買的是3。

7

解　答　1

聽解內文

店で、女の人と店の人が話しています。女の人は、何を買いますか。

F：カメラを見せてください。

M：旅行に持って行くのですか。

F：はい、そうです。ですから、小さくて軽いのがいいです。

M：それなら、このカメラがいいですよ。カメラを入れるケースもあるほうがいいですね。

F：わかりました。それと、フィルムを１本ください。

M：はい。このフィルムはとてもきれいな色が出ますよ。

F：では、そのフィルムをください。

女の人は、何を買いますか。

聽解翻譯

女士和店員正在商店裡交談。請問這位女士會買什麼呢？

F：請給我看看相機。

M：請問是要帶去旅行的嗎？

F：對，是的。所以要又小又輕的。

M：這樣的話，這一台相機很不錯喔！裝相機的相機包也要一起備妥比較好喔！

F：好的。還有，請給我一捲底片。

M：好。這種底片拍出來顏色非常漂亮喔！

F：那麼，請給我那種底片。

請問這位女士會買什麼呢？

解　說

女士買「小さくて軽い」相機和相機套、一卷底片。在這次的選項當中，底片的卷數是決定答案的關鍵。雖然「ケース」這個單字對 N5 來說有點難，不過就算聽不懂，看圖應該也能想到才對。

1

解答 3

聽解內文
女の人と男の人が話しています。男の人はこれから何を買いますか。

F：何をさがしているのですか。

M：手紙を書きたいんです。ボールペンはどこでしょう。

F：手紙は万年筆で書いたほうがいいですよ。

M：そうですね。じゃあ、万年筆で書きます。書いてから、郵便局に行きます。

F：ポストなら、すぐそこにありますよ。

M：いえ、切手を買いたいんです。

男の人はこれから何を買いますか。

聽解翻譯
女士和男士正在交談。請問這位男士接下來會買什麼呢？

F：請問您在找什麼東西嗎？

M：我想要寫信。請問原子筆擺在哪裡呢？

F：寫信的話用鋼筆比較好喔。

M：也對，那麼就用鋼筆寫。寫完以後，就去郵局。

F：如果要寄的是寫明信片，那裡就有喔！

M：不用，我想要買的是郵票。

請問這位男士接下來會買什麼呢？

選項翻譯
1 原子筆　2 鋼筆　3 郵票　4 信封

解說
和買東西有關的話題除了郵票之外沒有其他。要用原子筆還是用鋼筆寫信，和答案沒有關係。

2

解答 3

聽解內文
会社で、女の人と男の人が話しています。男の人は、1週間に何キロメートル走っていますか。

F：竹内さんは、毎日走っているんですか。

M：1週間に3回走ります。1回に5キロメートルずつです。

F：いつ走っているんですか。

M：朝です。だけど、土曜日は夕方です。

男の人は、1週間に何キロメートル走っていますか。

聽解翻譯	女士和男士正在公司裡交談。請問這位男士一星期都跑幾公里呢？

F：竹內先生每天都跑步嗎？

M：一星期跑三次，每次跑五公里。

F：您都在什麼時候跑步呢？

M：早上。不過星期六是在傍晚。

請問這位男士一星期都跑幾公里呢？

選項翻譯　1　五公里　　2　十公里　　3　十五公里　　4　二十公里

解　說　因為有「1週間に3回走ります。1回に5キロメートルずつです」，所以一個星期內合計跑十五公里。

3

解　答　3

聽解內文　女の人と男の人が話しています。男の人が結婚したのは何年前ですか。

F：木村さんは何歳のときに結婚したんですか。

M：27歳で結婚しました。

F：へえ、そうなんですか。ところで、今、何歳ですか。

M：30歳です。

F：奥さんは何歳だったのですか。

M：25歳でした。

男の人が結婚したのは何年前ですか。

聽解翻譯　女士和男士正在交談。請問這位男士是幾年前結婚的呢？

F：請問木村先生是幾歲的時候結婚的呢？

M：我是二十七歲結婚的。

F：是哦，是二十七歲喔。那麼，您現在幾歲呢？

M：三十歲。

F：那時候太太幾歲呢？

M：那時是二十五歲。

請問這位男士是幾年前結婚的呢？

選項翻譯　1　一年前　　2　兩年前　　3　三年前　　4　四年前

解　說　二十七歲結婚，現在是三十歲，所以是在三年前結婚的。

4

解答 2

聽解內文 男の人と女の人が話しています。男の人は、だれといっしょに出かけますか。

M：長沢さん、あのう、ぼくちょっと出かけます。

F：え、一人で銀行に行くつもりですか。私も行きますから、ちょっと待ってください。

M：あ、ぼくは買い物に行くだけですから、一人で大丈夫です。銀行には、加藤さんが行きます。

F：そうなんですか。銀行には、加藤さんが一人で行くんですか。

M：はい。社長が、長沢さんにはほかの仕事を頼みたいと言っていました。

男の人は、だれといっしょに出かけますか。

聽解翻譯 男士和女士正在交談。請問這位男士要和誰一起出去呢？

M：長澤小姐，呃，我出去一下。

F：咦，你要一個人去銀行嗎？我也要去，請等我一下。

M：啊，我只是要去買東西而已，自己去就行了。銀行那邊由加藤先生去處理。

F：這樣哦？銀行那邊由加藤先生一個人去嗎？

M：對。社長說了，有其他的工作要拜託長澤小姐。

請問這位男士要和誰一起出去呢？

選項翻譯 1　長澤小姐　　2　一個人出去　　3　加藤先生　　4　社長

解說 這個男生恐怕是比這個女生工作經驗還少的後輩。女士剛開始認為讓男士一個人去銀行會有問題，所以說「私も行きます」，不過男士卻回答「ぼくは買い物に行くだけですから、一人で大丈夫です」。

5

解答 2

聽解內文 男の人と女の人が話しています。女の人はどこで昼ごはんを食べますか。

M：12時ですね。本屋のそばの喫茶店に何か食べに行きませんか。

F：そうですねえ。でも……。

M：でも、何ですか。まだ食べたくないのですか。

F：そうではありませんが……。

M：どうしたんですか。

F：吉野くんが、いっしょにまるみや食堂で食べましょうと言っていたので……。

M：ああ、それでは、僕は大学の食堂で食べますよ。

女の人はどこで昼ごはんを食べますか。

聽解翻譯　男士和女士正在交談。請問這位女士要在哪裡吃午餐呢？

M：十二點囉！要不要去書店隔壁的咖啡廳吃些什麼呢？

F：午餐時間到了，可是……。

M：可是什麼？妳還不餓嗎？

F：也不是不餓啦……。

M：怎麼了嗎？

F：吉野同學已經問過我要不要一起去圓屋餐館吃飯了……。

M：喔喔，那我就去大學的學生餐廳吃囉！

請問這位女士要在哪裡吃午餐呢？

選項翻譯
1　書店隔壁的咖啡廳　　2　圓屋餐館
3　大學的學生餐廳　　4　大學的咖啡廳

解　說　男士邀請女士吃午餐，不過女士在這之前已接受其他男生的午餐邀約。女士雖然沒有斷然拒絕這次的邀請，但是卻婉轉的說了預定要和「吉野くん」一起在「まるみや食堂」吃飯。

6

解　答　1

聽解內文　女の人と男の人が話しています。男の人は、昨日の午前中、何をしましたか。

F：昨日は何をしましたか。

M：宿題をしました。

F：一日中、宿題をしていたのですか。

M：いいえ、午後は海に行きました。

F：えっ、今は12月ですよ。海で泳いだのですか。

M：いえ、海の写真を撮りに行ったのです。

F：いい写真が撮れましたか。

M：だめでしたので、海のそばの食堂で、おいしい魚を食べて帰りましたよ。

男の人は、昨日の午前中、何をしましたか。

聽解翻譯　女士和男士正在交談。請問這位男士昨天上午做了什麼事呢？

F：你昨天做了什麼？

M：寫了功課。

F：一整天都在寫功課嗎？

M：不是，下午去了海邊。

F：嗄？現在是十二月耶！你到海邊游泳嗎？

M：不是，是去拍海的照片。

F：拍到滿意的照片了嗎？

M：沒辦法。所以只好到海邊附近的小餐館吃了好吃的魚就回家了。

請問這位男士昨天上午做了什麼事呢？

選項翻譯　1　寫了功課　2　在海邊游了泳
3　拍了海的照片　4　在海邊附近的小餐館吃了魚

解　說　剛開始說昨天做了作業，不過並非一整天都在做作業，下午去了海邊。所以做作業是上午的事。在對話當中，談到下午去海邊的比例比較高，不過問題問的是昨天上午做的事情，所以答案是１。

第3回（だいかい） 聽解（ちょうかい） 問題3（もんだい） P112-115

1

解　答　3

聽解內文　店（みせ）に人（ひと）が入（はい）ってきました。店（みせ）の人（ひと）は何（なん）と言（い）いますか。

F：1．ありがとうございました。
2．また、どうぞ。
3．いらっしゃいませ。

聽解翻譯　有人進到店內了。請問這時店員會說什麼呢？

F：1．謝謝您。
2．歡迎再度光臨。
3．歡迎光臨。

解　說　店員會以「いらっしゃいませ」這句話歡迎顧客光臨。

其他選項
1　這句話是用於致謝，假如是出自店員的口中，那麼應該是在結帳後把收據遞給顧客、或是顧客離開店門時的致意詞。
2　這句話當出自店員的口中時，同樣是當顧客離開店門時的致意詞（「またどうぞ来てください（歡迎再度光臨）」的省略語）。

2

解　答　1

聽解內文　知（し）らない人（ひと）に水（みず）をかけました。何（なん）と言（い）いますか。

F：1．すみません。
2．こまります。
3．どうしましたか。

聽解翻譯　噴水噴到陌生人了。請問這時該說什麼呢？

F：1．對不起。
2．真傷腦筋。
3．怎麼了嗎？

解　說　由於這個情況一定要道歉才行，因此只有選項１符合。

其他選項
2　這句應是感到困擾的一方說的話。
3　這句話適用於當對方和平常的狀態看起來不一樣的時候的詢問句。

聽解

1
2
3
4
5
6
CHECK
1
2
3

3

解　答　2

聽解內文　会社で、知らない人にはじめて会います。何と言いますか。

M：1．ありがとうございます。

2．はじめまして。

3．失礼しました。

聽解翻譯　**在公司和陌生人初次見面。請問這時該說什麼呢？**

M：1．謝謝您。

2．幸會。

3．失陪了。

解　說　第一次見面時的問候語，以「はじめまして。〇〇と申します。よろしくお願いします（幸會，敝姓〇〇，請多指教）」為基本句型。

其他選項　1　這句話是道謝詞。

3　這句話是致歉詞。

4

解　答　1

聽解內文　学校から家に帰ります。友だちに何と言いますか。

M：1．じゃ、また明日。

2．ごめんなさいね。

3．こちらこそ。

聽解翻譯　**從學校要回家了。請問這時該向同學說什麼呢？**

M：1．那，明天見！

2．對不起喔！

3．我才該向你謝謝！

解　說　和明天會在見面的朋友說再見時，最常用選項1的道別語。另外，「バイバ（ー）イ（bye-bye）」也很常用。

其他選項　2　這是致歉語。

3　這是當對方致謝或道歉時回覆的話，意思是「該說這句話的人是我才對」。

5

解　答　3

聽解內文　ねます。家族に何と言いますか。

F：1．こんばんは。

2．おねなさい。

3．おやすみなさい。

聽解翻譯 準備要睡覺了。請問這時該向家人說什麼呢？

F：1．午安！

2．快睡！

3．晚安！

解　說 睡覺前的致意語是「おやすみ（なさい）」。

其他選項 1　這是在晚間與人見面時的問候語。

2　不論在任何情況下，都沒有這樣的說法。

第3回　聽解　問題4　P116

1

解　答 3

聽解內文 F：いつから歌を習っているのですか。

M：1．いつもです。

2．12年間です。

3．6歳のときからです。

聽解翻譯 F：請問您是從什麼時候開始練習唱歌的呢？

M：1．隨時練習。

2．這十二年來。

3．從六歲開始。

解　說 以回答「いつから」的選項3為正確答案。

其他選項 1　這個回答是指頻率，因此不是正確答案。

2　這個回答是指期間，因此不是正確答案。

2

解　答 2

聽解內文 M：どこがいたいのですか。

F：1．はい、そうです。

2．足です。

3．とてもいたいです。

聽解翻譯 M：請問是哪裡痛呢？

F：1．對，是這樣的。

2．腳。

3．非常痛。

解　說　因為問的是疼痛的部位，因此以回答身體部位的選項2為正確答案。

其他選項
1　「そうです」是用在 Yes-No 的一般疑問句的回答，不會作為特殊疑問句的答案。
3　並未詢問「どのくらい」。

3

解　答　1

聽解內文
M：この仕事（しごと）はいつまでにやりましょうか。
F：1. 夕方（ゆうがた）までです。
2. どうかやってください。
3. 大丈夫（だいじょうぶ）ですよ。

聽解翻譯
M：請問這項工作要一直做到什麼時候呢？
F：1. 做到傍晚。
2. 請務必幫忙。
3. 沒問題的呀！

解　說　以回答「いつまで（に）」的選項1為最恰當的答案。

其他選項
2　題目問的是期限，卻央託對方幫忙，顯然答非所問。
3　這個回答是用在比方對方詢問「この仕事を夕方までにやってほしいんですが……（我希望你能在傍晚之前完成這項工作，可以嗎）」的時候。

4

解　答　3

聽解內文
M：いっしょに旅行（りょこう）に行（い）きませんか。
F：1. はい、行（い）きません。
2. いいえ、行（い）きます。
3. はい、行（い）きたいです。

聽解翻譯
M：要不要一起去旅行呢？
F：1. 好，不去。
2. 不，要去。
3. 好，我想去。

解　說　題目是有男士邀約一起旅行，因此以回答要去或不去的選項3才是正確答案。

其他選項
1　「行きません」這樣的拒絕方式雖然過於直接，但如果只回答這樣，還不至於算是錯誤；但是，前面先回答「はい」，表示答應要一起去旅行，後面又說不去，顯然前後矛盾。
2　如果回答「いいえ」，表示「不會和你一起去旅行」；若是後面又接了「行きます」，顯然前後矛盾。

5

解答 2

聽解內文

F：暗くなったので、電気をつけますね。

M：1．つけるでしょうか。

2．はい、つけてください。

3．いいえ、つけます。

聽解翻譯

F：天色變暗了，我開燈囉。

M：1．要開燈嗎？

2．好，麻煩開燈。

3．不，要開燈。

解說 以表示請託、指令的句型「～てください」，來同意對方提議的選項2為正確答案。

其他選項

1 這個回答語意不明，很難想像會用在什麼樣的情況之下。

3 由於「いいえ」表示否定對方的提議，接下來說的應該是「不必開燈沒關係」才合理。

6

解答 1

聽解內文

F：あなたは何人きょうだいですか。

M：1．3人です。

2．弟です。

3．5人家族です。

聽解翻譯

F：你家總共有幾個兄弟姊妹呢？

M：1．三個。

2．是弟弟。

3．我家裡總共有五個人。

解說 以回答「何人」的選項1為恰當的答案。由於題目很明確地詢問關於兄弟姊妹的情況，因此答案裡可以不必再重複一次。

其他選項

2 這是用在當被問到「你家裡有哪些兄弟姊妹」時的回答。如果這個選項改成「僕と弟の二人兄弟です（家裡只有我和弟弟兩兄弟）」，才可能是這一題的答案。

3 這個雖然也是回答「幾個人」，但題目問的不是家庭的人數，因此不是正確答案。

第4回 言語知識（文字・語彙） 問題1 P118-119

1

解答	2
題目翻譯	**吃了兩顆蘋果。**
解說	「二」純粹作數字時，通常用音讀，唸作「に」，但後面接著「つ」表示數量，要用訓讀唸作「ふた」。

2

解答	1
題目翻譯	**可以幫忙招一輛計程車嗎？**
解說	像動詞等有語尾活用變化的字，唸法通常是訓讀，「呼ぶ」讀作「よぶ」。

3

解答	3
題目翻譯	**朝南方徑直前進。**
解說	「南」當一個單字時用訓讀，唸作「みなみ」。

4

解答	3
題目翻譯	**請在三號之前來這裡。**
解說	日語中，以「日」表示天數、日期，讀音有些用訓讀「か」，有些則用音讀「にち」，「二日／ふつか（二號）」到「十日／とおか（十號）」的「日」都用訓讀。「三」純粹作數字時，通常用音讀，讀作「さん」，但後面搭配以訓讀發音的量詞時，通常會用訓讀唸作「みっ」，所以「三日」要唸作「みっか」。

5

解答	3
題目翻譯	**你的房間真寬敞啊。**
解說	像形容詞等有語尾活用變化的字，唸法通常是訓讀，「広い」讀作「ひろい」。

6

解答	4
題目翻譯	**要拍照片了。「來，笑一個！」**
解說	「写」與「真」合起來，表示「照片」的意思，用音讀，唸作「しゃしん」。「写す（照相；描繪）」用訓讀，讀作「うつす」。另外，請注意「真」的寫法，跟中文的「真」略有不同。

7

解答　1

題目翻譯　**池塘裡有紅色的魚正在游水。**

解說　「池」當一個單字時用訓讀，唸作「いけ」。音讀唸作「ち」，如「電池／でんち（電池）」。請留意「池」的寫法，跟中文的「池」略有不同。

8

解答　4

題目翻譯　**在日本，行人靠道路的右邊行走。**

解說　「道」當一個單字時用訓讀，唸作「みち」。音讀唸作「どう」，如「北海道／ほっかいどう（北海道）」。

9

解答　2

題目翻譯　**只要拐過那個轉角後往前直走，就會到我的學校。**

解說　「角」當一個單字，表示「轉角」的意思時，用訓讀，唸作「かど」。音讀唸作「かく」，如「三角／さんかく（三角）」。

10

解答　3

題目翻譯　**我喜歡窄筒的褲子。**

解說　有語尾活用變化的字，唸法通常是訓讀，「細い」讀作「ほそい」。「細かい（細小的；詳細的）」用訓讀，讀作「こまかい」。請注意「細」左半部的寫法，跟中文「細」左半部不同，要寫成「糸」才對。

第4回　言語知識（文字・語彙）　問題2　P120

11

解答　4

題目翻譯　**領帶店的前面有電梯。**

解說　留意長音的片假名表記「ー」及位置。還得小心別把片假名「レ」跟平假名「し」，或「エ」跟「ニ」搞混了。

12

解答　2

題目翻譯　**茶就在桌上。**

解說　「ちゃ」是漢字「茶」的音讀。意思與中文相同，但「茶」還有另一個音讀唸作「さ」，如「きっさてん／喫茶店（咖啡店）」。

13

解答 1

題目翻譯 請打開門進去裡面。

解說 「あく」是動詞「開く」的訓讀。答題時得注意，其他選項可能出現「閉」、「問」、「関」等相似漢字，別粗心看錯了。

14

解答 2

題目翻譯 從山上掉下了岩石。

解說 「いわ」是漢字「岩」的訓讀。背單字時，別把「いわ」混淆成假名相似的「いろ／色（顏色）」囉。

15

解答 3

題目翻譯 步行到了鄰村。

解說 「むら」是漢字「村」的訓讀。答題時得小心不要把「村」跟「材」看錯囉。

16

解答 1

題目翻譯 敝姓田中。

解說 「もうす」是動詞「申す」的訓讀。答題時請看清楚，其他選項可能出現「甲」、「由」等相似漢字，來混淆視聽。

17

解答 4

題目翻譯 請將蘋果對半切開。

解說 「はん」、「ぶん」分別是「半」、「分」兩字的音讀。這兩個字組合後的意思跟中文不太一樣，所以請特別留意。

18

解答 2

題目翻譯 車站從我家過去很近。

解說 「ちかい」是形容詞「近い」的訓讀。意思與中文相同，最好能與反義詞「とおい／遠い（遠的）」一起記。如果其他選項出現「返」等相似漢字，請小心不要看錯。

19

解　答	2
題目翻譯	走路去會遲到，因此搭（計程車）去。
選項翻譯	1　附近　2　計程車　3　褲子　4　襯衫
解　說	「～ので」表示理由，所以從前項的「あるくとおそくなる」，可以推論出要搭「タクシー」去。

20

解　答	1
題目翻譯	我阿姨個頭嬌小又可愛，所以看起來格外（年輕）。
選項翻譯	1　年輕　2　大　3　熱　4　胖
解　說	「形容詞く」可以用來修飾動詞。「ふとって（胖）」、「やせて（瘦）」等也可以說明「みえます」的狀況，但由前項「おばはちいさくてかわいい」來看，空格填入「わかく」句意才通順。

21

解　答	3
題目翻譯	吃完東西以後馬上（刷）牙。
選項翻譯	1　洗　2　吹　3　刷　4　拔
解　說	「はをみがく」是「刷牙」的意思。由前項「たべたあと」，推出空格應該要填入「みがきます」。

22

解　答	1
題目翻譯	我家有三（輛）車。
選項翻譯	1　輛　2　支　3　座　4　個
解　說	題目問的是量詞。在日語中，表示「くるま」的數量時，必須用「～だい」。

23

解　答	3
題目翻譯	有不清楚的地方，儘管隨時（問）我。
選項翻譯	1　做　2　開始　3　問　4　知道
解　說	從前項的「わからないとき」，可以對應到答案的「きいて」。句型「～てください」用在請求、指示或命令某人做某事。

24

解答　4

題目翻譯　這台相機很舊了，所以想要一台比較（新的）。

選項翻譯　1　喜歡的　2　貴的　3　正確的　4　新的

解說　句型「～がほしい」表示主詞或說話人想要某樣東西。從前項的「ふるい」，可以對應到答案的「あたらしい」。「あたらしいのが」的「の」是一個代替名詞，在這裡題指的是前面提過的「カメラ」。

25

解答　1

題目翻譯　我想要查字詞的意思，請借我（辭典）。

選項翻譯　1　辭典　2　樂譜　3　地圖　4　剪刀

解說　由前項「ことばのいみをしらべたい」，可以對應到答案「じしょ」。「動詞たい」表示主詞或說話人的願望。

26

解答　3

題目翻譯　夏天每天都要（淋）浴。

選項翻譯　1　泡　2　戴　3　淋　4　吊掛

解說　「シャワーをあびる」是「淋浴」的意思。因此，由「シャワー」可以對應到答案的「あびます」。

27

解答　1

題目翻譯　我家的寵物是一隻小（狗）。

選項翻譯　1　狗　2　車　3　花　4　椅子

解說　由前項的「ペット」可以對應到答案的「いぬ」。

28

解答　3

題目翻譯　錢包掉在郵局的（前面）。

選項翻譯　1　下面　2　裡面　3　前面　4　上面

解說　用「場所＋に」句型，可以人事物表示存在的場所。插圖中，錢包在郵局的前面，因此答案是「まえ」。

29

解答 2

題目翻譯 一年至少會去一趟海邊。

選項翻譯
1 一年會各去兩趟海邊。 2 每年至少會去一趟海邊。
3 每年至少會去兩趟海邊。 4 一年會去海邊很多趟。

解說 「時間＋に＋次數」表示某時間範圍內的次數。這一題的「1ねんに1かい」是解題關鍵，可以對應到答案句的「まいとし1かい」。另外，「1ねんに1かいは」的「は」暗示也有可能兩次以上、至少一次的意思。

30

解答 3

題目翻譯 今早我去散步了。

選項翻譯
1 昨天晚上我去散步了。 2 今天傍晚我去散步了。
3 今日上午我去散步了。 4 我早上總是會去散步。

解說 這一題的解題關鍵字是「けさ」，意思等於「きょうのあさ」。

31

解答 4

題目翻譯 家父從十年前開始在銀行做事。

選項翻譯
1 家父從十年前開始路經銀行。 2 家父從十年前開始利用銀行業務。
3 家父從十年前開始住在銀行附近。 4 家父從十年前開始在銀行工作。

解說 日語中，表示「在…工作」可以用「～につとめている」，或「～ではたらいている」，請注意兩者使用的助詞不同。題目句的「～につとめています」，可以對應到答案句的「～ではたらいています」。

32

解答 2

題目翻譯 我向來很健康。

選項翻譯
1 我經常生病。 2 我不太生病。 3 我並不健康。 4 我很膽小。

解說 句型「あまり～ない」是「不太…」的意思。題目句的「いつもげんき」，意思等於「あまりびょうきをしません」。

33

解答 4

題目翻譯 書會在後天之前歸還。

選項翻譯
1 書會在明天之前歸還。 2 書會在下週之前歸還。
3 書會在三天之內歸還。 4 書會在兩天之內歸還。

解說 「あさって」是解題關鍵字，意思等於「二日あと」。

第4回（だいかい） 言語知識（文法）（げんごちしきぶんぽう） 問題1（もんだい） P125-127

1

解答 2

題目翻譯 明天的派對請把朋友（都）一起帶來喔。

解說 用副助詞「も」，表示累加、重複，中文可以翻譯成「…也…」、「都…」。由後項「いっしょに来てくださいね」來看，空格如果填入「は」、「を」或「に」，意思不合邏輯，所以答案是2。

2

解答 1

題目翻譯 （往）東走就會到車站。

解說 表示動作、行為的方向，可以用格助詞「へ」或「に」，但這一題的選項只出現「へ」，因此答案是1。

3

解答 4

題目翻譯 A「今天（是）你的生日嗎？」

B「是的。是八月十三日。」

解說 由「あなたのたんじょうびですか」可以推測「きょう」是句子的主題，所以由兩者關係可以解出答案。

4

解答 1

題目翻譯 這麼困難的題目誰（都）不會做。

解說 用句型「疑問詞＋も＋否定」，表示全面否定，中文可以翻譯成「都（不）…」。考慮到「だれ」與「できません」的關係，可以對應到答案。

5

解答 3

題目翻譯 這種肉很貴，所以（只）買一點點。

解說 用句型「しか＋否定」， 表示限定，是「只、僅僅」的意思。又，「～ので」表示理由，所以前項「このにくは高い」，可以對應到後項「少ししか買いません」，而解出答案。

6

解答 4

題目翻譯 A「夜色真是（靜謐）哪。」

B「是呀，蟲兒在院子裡叫著。」

解說 形容動詞後接名詞時，必須把詞尾「だ」改成「な」，所以答案是4，表示用「しずかな」修飾後面的「夜」。

7

解　答　2

題目翻譯　A「你想去哪個國家呢？」

B「我想去瑞士或是奧地利。」

解　說　「スイス（瑞士）」和「オーストリア（奧地利）」這兩個單字比較難，但可以由前句的「どこのくに」推測兩者是國名。又，後項出現「～に行きたいです」，所以句子可能想表達「兩國都想去」或「想去其中一國」。但沒有「と」的選項，因此排除前者的可能性。以日語表達「想去其中一國」的意思，用副助詞「か」，表示在幾個當中，任選其中一個，中文可以翻譯成「或…」。

8

解　答　1

題目翻譯　天氣這麼冷，明天（應該會下）雪吧。

解　說　從「あした」知道時態是未來式，可以先刪除選項４。「～でしょう」伴隨降調，表示說話者的推測，前接動詞時要用動詞普通形，中文可以翻譯成「大概…吧」。選項２跟３接續用法錯誤，因此答案是１。

9

解　答　2

題目翻譯　天氣一轉涼，就不能（在）海裡游泳了。

解　說　表示動作進行的場所，用格助詞「で」，是「在…」的意思。考慮到「うみ」與「およげません」的關係，可以對應到答案。

10

解　答　4

題目翻譯　A「請問你一個月買幾本雜誌呢？」

B「我（不）太（買）雜誌。」

解　說　用句型「あまり＋否定」，表示程度不特別高，數量不特別多，中文可以翻譯成「不太…」。由「あまり」可以對應到答案。

11

解　答　1

題目翻譯　A「這是誰的書呢？」

B「山口同學（的）。」

解　說　準體助詞「の」後面可以省略前面出現過，或無須說明談話者都能理解的名詞，避免一再重複。這邊的「の」後面被省略的是前句提到的「本」。

文法

1

2

3

4

5

6

CHECK 1 2 3

12

解　答 2

題目翻譯 A「十點以前會抵達東京嗎？」

B「因為班機延遲，所以（大概）沒辦法在十點以前到吧。」

解　說 「～でしょう」伴隨降調，表示說話者的推測，常和「たぶん」一起使用。如果空格填入「どうして（是什麼）」、「もし（假如）」及「かならず（一定）」，意思不合邏輯，所以答案是２。

13

解　答 4

題目翻譯 中山「大田小姐，那個皮包真漂亮呀！已經用很久了嗎？」

大田「不是的，上星期（買的）。」

解　說 從「先週」知道時態是過去式，因此空格不會是選項１。又，由表示否定的「いえ」可以刪去選項２。最後，就句意邏輯來判斷，空格填入「かいました」，意思才通順。

14

解　答 2

題目翻譯 A「下回要不要一起爬山呢？」

B「好耶！我們一起去（爬山吧）！」

解　說 以「動詞ます形＋ましょう」的形式，表示勸誘對方跟自己一起做某事。又，當對方提出「～ませんか」或「～ましょうか」的邀約、提議時，可以用「～ましょう」作為同意的回應。由前句的「のぼりませんか」可以對應到答案。

15

解　答 3

題目翻譯 這裡有買好的明信片，請自行取用。

解　說 用「他動詞＋てあります」，表示抱著某個目的、有意圖地去執行，當動作結束之後，已完成動作的結果持續到現在。由後項的「どうぞつかってください」，可以推出前項「買好明信片」的狀態持續到現在，因此答案是３。

16

解　答 4

題目翻譯 夜空中（有著）一輪明月。

解　說 用「自動詞＋ています」，表示跟目的、意圖無關的某個動作結果或狀態，仍持續到現在。由「でる」是自動詞，可以對應到答案。

17

解答 3

正確語順 リン「そうですね、たいてい　ゴルフを　して　います。」

題目翻譯 中山「林小姐在假日會做些什麼呢？」

林「讓我想想，通常都去打高爾夫球。」

解說 「打高爾夫球」日語用「ゴルフをする」，這時的「ゴルフ」是目的語，是「する」動作所涉及的對象。又，句型「動詞＋ています」，表示有從事某行為動作的習慣。因此，推出空格正確語順是「ゴルフをしています」，知道★處是3。

18

解答 4

正確語順 大島「その　赤い　りんごを　5こ　ください。」

題目翻譯 （在蔬果店裡）

大島「請給我那種紅蘋果五顆。」

店員「好的，這個給您。」

解說 購物或向對方要求某物時，可以用句型「名詞＋を＋數量＋ください」。又，形容詞修飾名詞時，會直接放名詞前面。因此，知道★處應該要填入「りんご」。

19

解答 2

正確語順 B「はい、とても　げんきで　大学に　行って　います。」

題目翻譯 A「你哥哥好嗎？」

B「是的，他非常好，天天去大學上課。」

解說 表示動作的方向、行為的目的地，用格助詞「に」或「へ」。又，表示在某種狀態、情況下做後項事情，用格助詞「で」。因此，推出空格正確語順是「げんきで大学に」，知道★處是2。

20

解答 1

正確語順 つくえの　上に　本や　ノートなどが　あります。

題目翻譯 桌上有書本和筆記本等等物品。

解說 用句型「～に～があります」，表示某處存在無生命事物，得出第四格是3。用句型「～や～など」，表示舉出幾項，但並未全部說完，中文可以翻譯成「…和…等等」。因此，可以推出「など」、「本や」、「ノート」正確順序是「本やノートなど」，知道★處應該要填入「など」。

21

解答　2

正確語順　女の人（おんな ひと）「やわらかくて　おいしい　パンは　ありますか。」

題目翻譯　（在麵包店裡）

女士「請問有香軟又好吃的麵包嗎？」

店員「有喔。」

解說　當連接兩個形容詞時，必須將前面的形容詞詞尾「い」改成「く」，再接上「て」。因此，連接「やわらかい」、「おいしい」後，就是「やわらかくておいしい」，表示屬性的並列。而形容詞修飾名詞時，會直接放名詞前面。又，「は」可以表示句子主題。因此，知道★處應該要填入「おいしい」。

第4回（だい かい）　言語知識（文法）（げんごちしき ぶんぽう）　問題3（もんだい）　P130

文章翻譯

在日本留學的學生以〈我的家庭〉為題名寫了一篇文章，並且在班上同學的面前誦讀給大家聽。

我的家人包括父母、我、妹妹共四個人。我爸爸是警察，每天都工作到很晚，連星期天也不常在家裡。我媽媽的廚藝很好，媽媽做的焗烤料理全家人都說好吃。等我回國以後，想再吃一次媽媽做的焗烤料理。

由於妹妹長大了，媽媽便開始在附近的超級市場裡工作。我妹妹雖然還是個中學生，但是從小就學鋼琴，所以現在已經彈得比我還好了。

22

解答　3

解說　由「おそく」和「仕事」來推測，以表示時間終點的「まで」最為適切。這個「おそく」是用形容詞「おそい」的連用形當作名詞來使用，如同從「近い」衍生出來的名詞「近く」一樣。

23

解答　1

選項翻譯　1　（有生命的動物）不在　　2　（有生命的動物）在　　3　（無生命物或植物）有　　4　（無生命物或植物）沒有

解說　「あまり」的後面加否定，表示程度不高。此外，由於話題談到的是「父」，因此不可以用「ある」而應該用「いる」。

24

解答　3

選項翻譯　1　吃　　2　希望你吃　　3　想吃　　4　吃了

解說　後面可以接「です」的只有選項2和3而已。由文脈來考量，這裡應該用表示期望的「動詞たい」才合適。如果是「食べてほしい」，表示希望別人吃，而不是自己吃。

25

解　答　4

選項翻譯　1　辭掉　2　開始　3　休息　4　開始

解　說　「～ので」表示原因、理由，所以要選由前項所推論的結果或結論。這裡要注意到是，自動詞與他動詞的不同用法。由於空格前面寫的是「仕事を」，因此以他動詞的選項4最為適切。如果用「はじまる」，前面不能用「を」，要改成「仕事がはじまりました」，但如此一來，開始工作就不是出於母親個人的意志，這樣上下文就說不通了。

26

解　答　2

選項翻譯　1　那麼　2　比…　3　但是　4　只有

解　說　空格要填入表示比較基準的詞語。在這一句中，雖然缺少句型「より～ほう」的「～ほう」，但意思是「わたしより妹のほうが（我妹妹比我……）」。

第4回（だいかい）　読解（どっかい）　問題4（もんだい）　P131-133

27

解　答　2

文章翻譯　(1)

今天因為上午學校的考試結束了，所以在吃完午餐之後就回家練習鋼琴了。明天朋友要來我家一起看看電視、聽聽音樂。

題目翻譯　**「我」今天下午做了什麼呢？**

選項翻譯

1　在學校考了試。

2　彈了鋼琴。

3　和朋友看了電視。

4　和朋友聽了音樂。

解　說　(1)的文章是由兩個句子所組合而成的。以內容來看，可以分成三個部分：

①今日上午有考試

②吃完午餐之後就回家練習鋼琴了

③明天朋友要來我家

題目中的「今日の午後」，等同於文章中的「昼ごはんを食べたあと」。和②描述近似內容的是選項２。至於選項１等同於①，而選項３和４則將③描述成已經結束的事了。

讀解

1
2
3
4
5
6
CHECK
1
2
3

28

解　答　3

文章翻譯　(2)

我的家人圍著圓桌吃飯。我爸爸坐在大椅子上，坐在爸爸右邊的是我，左邊是我弟弟。媽媽坐在爸爸的前面。全家人和樂融融地一邊交談一邊吃飯。

題目翻譯　「我」的家人是哪一張圖片呢？

解　說　這裡要用刪去法解題。首先，由於是「まるいテーブル」，因此選項１和４不對。而「父は大きないすにすわり」，選項２和３都符合。接著，「父の右側にわたし、左側に弟がすわります」，因此媽媽坐在爸爸右邊的選項２被剔除，如此一來，正確答案就是選項３了。這裡要注意的是，左右邊的描述方式，並不是依照看著圖畫的讀者視線而定，而是由圍坐在桌前的人們的角度來敘述的。因此，可能要花一些時間來思考，不過選項２裡出現一個可能是「わたし」的人物坐在「父」的對面，這是一條很好的線索。還有，再接著看文章的後續描述，「父の前には、母がすわり」也和選項３的圖吻合。

29

解　答　2

文章翻譯　(3)

中田同學的桌上有一張松本老師留言的紙條。

中田同學

請把這張地圖影印五十份以供明天課程之用。其中的二十四張請發給全班一人一張，剩下的二十六張請放在老師的桌上。

松本

題目翻譯　請問中田同學影印地圖並發給了全班同學之後，接下來該做什麼呢？

選項翻譯

1　把二十六張帶回家裡。

2　把二十六張放在老師桌上。

3　再加發給每個同學一張。

4　把五十張放在老師桌上。

解　說　這張紙條是由三個句子所組合而成的。題目裡提到的「幫老師影印地圖」出現在紙條的第一句裡，而「發給全班同學」則相當於第二句。因此，在發給同學以後要做的事，也就在第三句裡面。紙條和選項２的敘述大致相同，應該很容易就能答對了。

第4回 読解 問題5

文章翻譯

昨天是祖母的生日。祖母是我爸爸的母親，雖然已經高齡九十歲了，但還是非常硬朗。每天爸媽去上班、我和弟弟去上學以後，祖母就在家裡打掃、洗衣服以及做晚飯，忙著做家事。

祖母生日那天，媽媽做了祖母喜歡的菜餚，爸爸送了一台新的收音機當作禮物，我和弟弟買來蛋糕，插上了九根蠟燭。

由於祖母喝了一點酒，臉都變紅了，但是她非常開心。希望祖母往後依然永遠老當益壯。

30

解答 2

題目翻譯 在祖母的生日這天，爸爸做了什麼事呢？

選項翻譯

1 做了祖母喜歡的菜餚。

2 送了一台新的收音機當作禮物。

3 買了生日蛋糕。

4 買了祖母喜歡的酒。

解說

這篇文章的結構如下：

第一段：昨天是祖母的生日，以及介紹祖母

第二段：家人個別為祖母做了什麼事

第三段：祖母看起來很高興，希望祖母往後永遠老當益壯

其中，家人各別為祖母做了什麼事寫在第二段裡。爸爸做的事情是第二句。文章中的敘述和選項2幾乎完全相同，應該很容易就能答對了。

31

解答 4

題目翻譯 我和弟弟買來蛋糕以後，怎麼處理呢？

選項翻譯

1 切了蛋糕。

2 將插在蛋糕上的蠟燭點燃了。

3 在蛋糕上插了九十根蠟燭。

4 插在蛋糕上插了九根蠟燭。

解說

同樣地，文章中包含下加底線部分的句子，與選項4的敘述幾乎一模一樣，應該很容易就能答對了。此外，「ろうそく」和「立てる」的難度超出N5等級，現在還不用記起來。

通知單

山貓宅配

吉田先生

我們於6月12日下午3點送貨至府上，但是無人在家。我們會再次配送，請撥打下列電話，告知您希望配送的日期與時間的代號。

電話號碼0120－○××－△××

○首先是您希望配送的日期
請按下4個號碼。
例如 3月15日→0315

○接著是您希望配送的時間
請由下方時段選擇一項，按下代號。
【1】上午
【2】下午1點～3點
【3】下午3點～6點
【4】下午6點～9點
例如 您希望在3月15日的下午3點至6點配送到貨：
→03153

32

解答 4

題目翻譯 吉田先生在下午六點回到家後，收到了如下的通知。
如果吉田先生希望在明天下午六點多左右收到包裹的話，應該要撥電話到0120－○××－△××，接著再按什麼號碼呢？

選項翻譯 1 06124　2 06123　3 06133　4 06134

解說 根據「お知らせ」，今天是六月十二日。希望送達的日子是明天，因此首先按下希望送達日期的「0613」。緊接著，希望送達的時間是下午六點以後，因此再按下「4」。

1

解答 4

聽解內文

男の人と女の人が話しています。女の人は、どれを取りますか。

M：今井さん、カップを取ってくださいませんか。

F：これですか。

M：それはお茶碗でしょう。コーヒーを飲むときのカップです。

F：ああ、こっちですね。

M：ええ、同じものが3個あるでしょう。2個取ってください。2時にお客さんが来ますから。

女の人は、どれを取りますか。

聽解翻譯

男士和女士正在交談。請問這位女士該拿哪一種呢？

M：今井小姐，可以麻煩妳拿杯子嗎？

F：是這個嗎？

M：那個是碗吧？我說的是喝咖啡用的杯子。

F：喔喔，是這一種吧？

M：對，那裡不是有相同款式的三只杯子嗎？麻煩拿兩個。因為客戶兩點要來。

請問這位女士該拿哪一種呢？

解說

請用刪除法找出正確答案。首先，因為是「カップ」，所以不用考慮１和２。杯子雖然有三個，不過現在只需要兩個，所以正確解答是４。

2

解答 4

聽解內文

女の学生と男の学生が話しています。男の学生はこのあとどうしますか。

F：もう宿題は終わりましたか。

M：まだなんです。うちの近くの本屋さんには、いい本がありませんでした。

F：本屋さんは、まんがや雑誌などが多いので、図書館の方がいいですよ。先生に聞きました。

M：そうですね。図書館に行って本をさがします。

男の学生はこのあとどうしますか。

聽解翻譯	女學生和男學生正在交談。請問這位男學生之後會怎麼做呢？

F：你功課都寫完了嗎？

M：還沒有。因為我家附近的書店都沒有好書。

F：我聽老師說過，書店裡多半都只有漫畫和雜誌之類的，你最好還是去圖書館喔。

M：妳說得有道理，那我去圖書館找書吧。

請問這位男學生之後會怎麼做呢？

選項翻譯

1　去書店　　2　看漫畫和雜誌等等

3　去問老師　　4　去圖書館

解　說　男學生雖然去了書店，不過並沒有找到好書。所以他接受女學生的建議，要去圖書館。

3

解　答　3

聽解內文　女の人と男の人が話しています。二人は、いつ海に行きますか。

F：毎日、暑いですね。

M：ああ、もう７月７日ですね。

F：いっしょに海に行きませんか。

M：７月中は忙しいので、来月はどうですか。

F：13日の水曜日から、おじいさんとおばあさんが来るんです。

M：じゃあ、その前の日曜日の10日に行きましょう。

二人は、いつ海に行きますか。

聽解翻譯　女士和男士正在交談。請問他們兩人什麼時候要去海邊呢？

F：每天都好熱喔！

M：是啊，已經七月七號了嘛！

F：要不要一起去海邊呢？

M：我七月份很忙，下個月再去好嗎？

F：從十三號星期三起，我爺爺奶奶要來家裡。

M：那麼，就提早在十號的星期日去吧！

請問他們兩人什麼時候要去海邊呢？

選項翻譯

1　七月七號

2　七月十號

3　八月十號

4　八月十三號

解　說　因為提到「７月中は忙しいので、来月はどうですか」，所以之後接下來說的都是指八月期間的計畫。因為提到「日曜日の10日に行きましょう」，所以去的日子是八月十日。

4

解答 3

聽解內文 女の人と男の人が話しています。女の人は、明日何時ごろ電話しますか。

F：明日の午後、電話したいんですが、いつがいいですか。

M：明日は、仕事が 12 時半までで、そのあと、午後の 1 時半にはバスに乗るから、その前に電話してください。

F：わかりました。じゃあ、仕事が終わってから、バスに乗る前に電話します。

女の人は、明日何時ごろ電話しますか。

聽解翻譯 女士和男士正在交談。請問這位女士明天大約幾點會打電話呢？

F：明天下午我想打電話給你，幾點方便呢？

M：明天我工作到十二點半結束，之後下午一點半前要搭巴士，所以請在那之前打給我。

F：我知道了。那麼，我會在你工作結束後、搭巴士之前打電話過去。

請問這位女士明天大約幾點會打電話呢？

選項翻譯 1 十點　2 十二點　3 下午一點　4 下午兩點

解說 男士比較方便的是十二點半開始到一點半為止的這段時間。

5

解答 3

聽解內文 駅で、男の人が女の人に電話をかけています。男の人は、初めにどこに行きますか。

M：今、駅に着きました。

F：わかりました。では、5 番のバスに乗って、あおぞら郵便局というところで降りてください。15 分ぐらいです。

M：2 番のバスですね。郵便局の前の……。

F：いいえ、5 番ですよ。郵便局は降りるところです。

M：ああ、そうでした。わかりました。駅の近くにパン屋があるので、おいしいパンを買っていきますね。

F：ありがとうございます。では、郵便局の前で待っています。

男の人は、初めにどこに行きますか。

聽解翻譯　男士正在車站裡打電話給女士。請問這位男士會先到哪裡呢？

M：我剛剛到車站了。

F：好的。那麼，現在去搭五號巴士，請在一個叫作青空郵局的地方下車。大概要搭十五分鐘。

M：二號巴士對吧？是在郵局前面……。

F：不對，是五號喔！郵局是下車的地方。

M：喔喔，這樣喔，我知道了。車站附近有麵包店，我會買好吃的麵包帶過去的。

F：謝謝你。那麼，我會在郵局門口等你。

請問這位男士會先到哪裡呢？

解　說　男士現在在的地方是車站。接著要從車站前的五號公車站牌搭公車，在一個叫做青空郵局的公車站下車，和女士見面。不過，因為提到「駅の近くにパン屋があるので、おいしいパンを買っていきますね」，所以在搭公車之前會先去麵包店。

6

解　答　1

聽解內文　男の人と女の人が話しています。男の人はどれを使いますか。

M：行ってきます。

F：えっ、上に何も着ないで出かけるんですか。

M：ええ、朝は寒かったですが、今はもう暖かいので、いりません。

F：でも、今日は午後からまた寒くなりますよ。

M：そうですか。じゃ、着ます。

男の人はどれを使いますか。

聽解翻譯　男士和女士正在交談。請問這位男士會加穿哪一件呢？

M：我出門了。

F：嗄？你什麼外套都沒穿就要出門了嗎？

M：是啊，早上雖然很冷，可是現在已經很暖和，不用多穿了。

F：可是，今天從下午開始又會變冷喔！

M：這樣哦？那，我加衣服吧。

請問這位男士會加穿哪一件呢？

選項翻譯　1　外套　　2　口罩　　3　帽子　　4　手套

解　說　男士為了禦寒，上面會「着る」某樣東西。選項當中，只有外套可以使用「着る」這個動詞。如果是「マスク」，大多會用「マスクをする（戴口罩）」這個說法。其他也有人會說「マスクをつける（戴口罩）」。帽子只有「帽子をかぶる（戴帽子）」的說法。手套會說「手袋をする（戴手套）」或是「手袋をはめる（戴手套）」。

7

解　答　4

聽解內文

女の人と男の人が話しています。男の人は卵を全部で何個買いますか。

F：スーパーで卵を買ってきてください。

M：箱に 10 個入っているのでいいですか。

F：お客さんが来るので、それだけじゃ少ないです。

M：あと何個いるんですか。

F：箱に 6 個入っているのがあるでしょう。それもお願いします。

M：わかりました。

男の人は卵を全部で何個買いますか。

聽解翻譯

女士和男士正在交談。請問這位男士總共會買幾顆雞蛋呢？

F：麻煩你去超級市場幫忙買雞蛋回來。

M：買一盒十顆包裝的那種就可以嗎？

F：有客人要來，單買一盒不夠。

M：還缺幾顆呢？

F：不是有一盒六顆包裝的嗎？那個也麻煩買一下。

M：我知道了。

請問這位男士總共會買幾顆雞蛋呢？

選項翻譯　1　六顆　　2　十顆　　3　十二顆　　4　十六顆

解　說　關於「10 個入っているの」，提到了「それだけじゃ少ない」，而對於「6 個入っているの」，也說了「お願いします」，所以是十入裝的和六入裝的各買一盒。

第4回　聴解　問題2　P141-144

1

解　答　1

聽解內文

女の人が、男の人に話しています。女の人のねこはどれですか。

F：私のねこがいなくなったのですが、知りませんか。

M：どんなねこですか。

F：まだ子どもなので、あまり大きくありません。

M：どんな色ですか。

F：右の耳と右の足が黒くて、ほかは白いねこです。

女の人のねこはどれですか。

聽解翻譯　女士和男士正在交談。請問這位女士的貓是哪一隻呢？

F：我的貓不見了！您有沒有看到呢？

M：那隻貓長什麼樣子呢？

F：還是一隻小貓，體型不太大。

M：什麼顏色呢？

F：小貓的右耳和右腳是黑的、其他部位是白色。

請問這位女士的貓是哪一隻呢？

解　說　請用刪除法找出正確答案。因為有「あまり大きくありません」，所以刪除選項２和３。其次提到了「右の耳と右の足が黒くて、ほかは白いねこです」，所以正確解答是１。

2

解　答　2

聽解內文　女の人と男の人が話しています。男の人はどうして海が好きなのですか。

F：今年の夏、山と海と、どちらに行きたいですか。

M：海です。

F：なぜ海に行きたいのですか。泳ぐのですか。

M：いえ、泳ぐのではありません。おいしい魚が食べたいからです。

F：そうですか。私は山に行きたいです。山は涼しいですよ。それから、山にはいろいろな花がさいています。

男の人はどうして海が好きなのですか。

聽解翻譯　女士和男士正在交談。請問這位男士為什麼喜歡海呢？

F：今年夏天，你想要到山上還是海邊去玩呢？

M：海邊。

F：為什麼要去海邊呢？去游泳嗎？

M：不，不是去游泳，而是我想吃美味的鮮魚。

F：原來是這樣哦。我想要去山上。山裡很涼爽喔！還有，山上開著各式各樣的花。

請問這位男士為什麼喜歡海呢？

選項翻譯

1　因為他喜歡游泳

2　因為魚很美味

3　因為很涼爽

4　因為開著各式各樣的花

解　說　男士想去海邊的理由是「おいしい魚が食べたいから」。

3

解　答　1

聽解內文

男の人と女の人が話しています。男の人のお兄さんはどの人ですか。

M：私の兄が友だちと写っている写真です。

F：どの人がお兄さんですか。

M：白いシャツを着ている人です。

F：眼鏡をかけている人ですか。

M：いいえ、眼鏡はかけていません。本を持っています。兄はとても本が好きなのです。

男の人のお兄さんはどの人ですか。

聽解翻譯

男士和女士正在交談。請問這位男士的哥哥是哪一位呢？

M：這是我哥哥和朋友合拍的相片。

F：請問哪一位是你哥哥呢？

M：穿著白襯衫的那個人。

F：是這位戴眼鏡的人嗎？

M：不是，他沒戴眼鏡，而是拿著書。因為我哥哥非常喜歡看書。

請問這位男士的哥哥是哪一位呢？

解　說

請用刪除法找出正確答案。首先因為他是「白いシャツを着ている人」，所以刪掉選項3和4。其次，因為提到「眼鏡はかけていません」，所以刪掉選項2後，只剩下選項1。再加上提到「本を持っています」，所以可以確認答案是1。

4

解　答　2

聽解內文

男の人と女の人が話しています。女の人は、いつ、ギターの教室に行きますか。

M：おや、ギターを持って、どこへ行くのですか。

F：ギターの教室です。3年前からギターを習っています。

M：毎日、教室に行くのですか。

F：いいえ。火曜日の午後だけです。

M：家でも練習しますか。

F：仕事が終わったあと、家でときどき練習します。

女の人は、いつ、ギターの教室に行きますか。

聽解翻譯　男士和女士正在交談。請問這位女士什麼時候會去吉他教室呢？

M：咦？妳拿著吉他要去哪裡呢？

F：吉他教室。我從三年前開始學彈吉他。

M：每天都去教室上課嗎？

F：沒有，只有星期二下午而已。

M：在家裡也會練習嗎？

F：下班以後回到家裡有時會練習。

請問這位女士什麼時候會去吉他教室呢？

選項翻譯　1　每天　　2　星期二下午　　3　工作結束後　　4　有時候

解　說　因為有「毎日、教室に行くのですか」和「火曜日の午後だけです」，所以正確解答是2。

5

解　答　3

聽解內文　男の人と女の人が話しています。女の人は、日曜日の午後、何をしましたか。

M：日曜日は、何をしましたか。

F：雨が降ったので、洗濯はしませんでした。午前中、部屋の掃除をして、午後は出かけました。

M：へえ、どこに行ったのですか。

F：家の近くの喫茶店で、コーヒーを飲みながら音楽を聞きました。

M：買い物には行きませんでしたか。

F：行きませんでした。

女の人は、日曜日の午後、何をしましたか。

聽解翻譯　男士和女士正在交談。請問這位女士在星期天的下午做了什麼事呢？

M：你星期天做了什麼呢？

F：因為下了雨，所以沒洗衣服。我上午打掃房間，下午出門了。

M：是哦？妳去哪裡了？

F：到家附近的咖啡廳，一邊喝咖啡一邊聽音樂。

M：沒去買東西嗎？

F：沒去買東西。

請問這位女士在星期天的下午做了什麼事呢？

選項翻譯　1　洗了衣服　　2　打掃了房間　　3　去了咖啡廳　　4　買了東西

解　說　因為提到「午後は出かけました」、「どこに行ったのですか」、「家の近くの喫茶店」，所以正確解答是3。

6

解答 3

聽解內文 男の留学生と女の学生が話しています。男の留学生が質問している字はどれですか。

M：ゆみこさん、これは「おおきい」という字ですか。

F：いえ、ちがいます。

M：それでは、「ふとい」という字ですか。

F：いいえ。「ふとい」という字は、「おおきい」の中に点がついています。でも、この字は「大きい」の右上に点がついていますね。

M：なんと読みますか。

F：「いぬ」と読みます。

男の留学生が質問している字はどれですか。

聽解翻譯 男留學生和女學生正在交談。請問這位男留學生正在詢問的字是哪一個呢？

M：由美子小姐，請問這個字是那個「大」字嗎？

F：不，不對。

M：那麼，是那個「太」字嗎？

F：不是，「太」那個字是「大」的裡面加上一點。不過，這個字是在「大」字的右上方加上一點喔。

M：那這個字怎麼讀呢？

F：讀作「犬」。

請問這位男留學生正在詢問的字是哪一個呢？

選項翻譯 1 大　2 太　3 犬　4 天

解說 「大きい」的右上方有一點，讀作「いぬ」的字是3。

第4回 聴解 問題3 P145-148

1

解答 1

聽解內文 友だちが「ありがとう。」と言いました。何と言いますか。

F：1. どういたしまして。

2. どうしまして。

3. どういたしましょう。

聽解翻譯　朋友說了「謝謝」。請問這時該說什麼呢？

F：1．不客氣。

2．怎了麼嗎？

3．該怎麼做呢？

解　說　適用於聽到感謝時的回答只有選項1而已。

其他選項　2　不論在任何情況之下，都不會講這句話。

3　這個問的是對方的想法。

2

解　答　1

聽解內文　夜、道で人に会いました。何と言いますか。

M：1. こんばんは。

2. こんにちは。

3. 失礼します。

聽解翻譯　晚間在路上遇到人了。請問這時該說什麼呢？

M：1．晚上好。

2．午安。

3．打擾了。

解　說　適用於夜間的問候語只有選項1而已。

其他選項　2　這是用於中午至日落之間的問候語。

3　這是用於接下來要做什麼事時，事先打個招呼的致意語。比方要進入老師的辦公室時，或是要掛斷電話之前。

3

解　答　1

聽解內文　ご飯が終わりました。何と言いますか。

M：1. ごちそうさま。

2. いただきます。

3. すみませんでした。

聽解翻譯　吃完飯了。請問這時該說什麼呢？

M：1．吃飽了。

2．開動了。

3．對不起。

解　說　吃完東西之後的致意語是選項1。

其他選項　2　這是即將要開動時的致意語。

3　這是用來向人表示歉意。

4

解　答　1

聽解內文　映画館でいすにすわります。隣の人に何と言いますか。

M：1. ここにすわっていいですか。

2. このいすはだれですか。

3. ここにすわりましたよ。

聽解翻譯　想要在電影院裡坐下。請問這時該向鄰座的人說什麼呢？

M：1．請問我可以坐在這裡嗎？

2．請問這張椅子是誰呢？

3．我要坐在這裡了喔！

解　說　在非對號入座的電影院或美食廣場，想要向附近座位上的人請問旁邊的空位有沒有人坐的時候，可以使用選項１或者「ここ、あいてますか（請問這裡沒人坐嗎）」。假如換成是自己被問到的時候，可以回答「はい、どうぞ（是的，請坐）」或「すみません、連れが来るんです（不好意思，等下還有人會過來）」。近來的電影院多數是全廳對號入座，但還是有一些電影院是非對號入座的。

其他選項

２　由於「いす」不是人類，不能使用「だれ」的問法，因此這句話不論在任何情況下都是不合理的。假如問的是「このいすはだれのですか（請問這把椅子是誰的呢）」那麼就是正確的語句，但其語意是「請問這把椅子的擁有者／使用者是誰呢？」，而不是「請問現在有沒有人正在使用這把椅子呢？」，因此即使在語句中插入「の」，也不適用於這一題的情況。

３　這句話的文法雖然沒有錯誤，但很難想像會用在什麼樣的情況之下。

5

解　答　3

聽解內文　友だちと映画に行きたいです。何と言いますか。

M：1. 映画を見ましょうか。

2. 映画を見ますね。

3. 映画を見に行きませんか。

聽解翻譯　你想要和朋友去看電影。請問這時該說什麼呢？

M：1．我們來看電影吧！

2．要去看電影囉！

3．要不要去看電影呢？

解　說　選項１、２、３的前半段同樣都有「映画を見」，但是選項３的意思是一方面提出邀約，一方面將決定權交給對方，因此為最恰當的答案。

其他選項

1 「ましょうか」可以用於早前已經約定好，而且確定對方有很大的機率會同意自己的提議等的情況。因此，比方之前已經約好朋友來家裡玩，打算「先吃飯，然後再看電影」，而現在剛吃完飯，這時候就可以說「さて、映画を見ましょうか（那麼，我們來看電影吧）」。

2 「ね」是用於略微強調自己的意見，或者叮嚀對方，亦或表示受到感動的情況。譬如，「1か月に20本？　本当によく映画を見ますね（一個月看二十部？你還真常看電影呀）」或「休日には、よく映画を見ますね（我放假時經常看電影呢）」之類的情況。

第4回　聽解　問題4　P149

1

解答　2

聽解內文

F：コーヒーと紅茶（こうちゃ）とどちらがいいですか。

M：1. はい、そうしてください。

2. コーヒーをお願（ねが）いします。

3. どちらもいいです。

聽解翻譯

F：咖啡和紅茶，想喝哪一種呢？

M：1. 好，麻煩你了。

2. 麻煩給我咖啡。

3. 哪一種都可以。

解說　題目問的是二選一，只有選項2回答了其中之一。

其他選項

1 由於「どちら」表示從中選出其一，因此不能用「はい／いいえ」來回答。

3 「どちらも」的意思是「コーヒーと紅茶の両方とも（咖啡和紅茶兩種）」，而「いいです」具有兩種意義，第一種是指「兩種都想要」，第二種是指「兩種都不要」，但無論是哪一種，都不太適合用於回答。如果要表示「哪一種都可以」，應該說「どちらでもいいです」，意思是「咖啡也可以，紅茶也可以」（其隱含之意是所以交由對方代為決定即可）。

2

解答　1

聽解內文

M：ここに名前（なまえ）を書（か）いてくださいませんか。

F：1. はい、わかりました。

2. どうも、どうも。

3. はい、ありがとうございました。

聽解翻譯　M：能不能麻煩您在這裡寫上名字呢？

F：1．好，我知道了。

2．你好、你好！

3．好的，感謝你！

解　說　以答應對方央託的選項1最為恰當。

其他選項　2　這個說法語意曖昧，通常是「ありがとう（謝謝）」或「こんにちは（您好）」的替代用法。

3　這句話用於表示謝意。

3

解　答　2

聽解內文　M：どうしたのですか。

F：1. 財布（さいふ）がないからです。

2. 財布（さいふ）をなくしたのです。

3. 財布（さいふ）がなくて困（こま）ります。

聽解翻譯　M：怎麼了嗎？

F：1．因為錢包不見了。

2．我錢包不見了。

3．沒有錢包很困擾。

解　說　因為男士覺得女士的表情有點奇怪，問了她是怎麼回事，因此以說明情況的選項2為正確答案。

其他選項　1　由於「から」是當被問到「なぜ」或「どうして」等的時候，說明理由的用詞，因此與題目不符。

3　「困る」是用於接受自己心意方式的問題，因此與題目不符。

4

解　答　2

聽解內文　M：この車（くるま）には何人（なんにん）乗（の）りますか。

F：1. 私（わたし）の車（くるま）です。

2. 3人（にん）です。

3. 先（さき）に乗（の）ります。

聽解翻譯　M：這輛車是幾人座的呢？

F：1．是我的車。

2．三個人。

3．我先上車了。

解　說　男士問的是車子可以搭載幾個人，因此以回答人數的選項2為正確答案。

其他選項　1　題目沒有問到車子的擁有人。

3　題目沒有問到搭車的順序。

聽解

1

2

3

4

5

6

CHECK 1 2 3

5

解 答 1

聽解內文 F：何時（なんじ）ごろ、出（で）かけましょうか。

M：1. 10時（じ）ごろにしましょう。

2. 8時（じ）に出（で）かけました。

3. お兄（にい）さんと出（で）かけます。

聽解翻譯 F：我們什麼時候要出發呢？

M：1．十點左右吧。

2．八點出門了。

3．要跟哥哥出門。

解 說 以建議「何時ごろ」的選項1為正確答案。

其他選項 2　「ましょうか」是表示對未來的疑問，而「出かけました」是指過去的事。

3　題目沒有問到「だれと」。

6

解 答 2

聽解內文 F：ここには、何回（なんかい）来（き）ましたか。

M：1. 10歳（さい）のときに来（き）ました。

2. 初（はじ）めてです。

3. 母（はは）と来（き）ました。

聽解翻譯 F：這裡你來過幾趟了？

M：1．十歲的時候來的。

2．第一次。

3．是和媽媽一起來的。

解 說 以回答「何回」的選項2為正確答案。乍看之下，雖然沒有呈現出「～回」的形式，但「初めて」是指以前未曾來過、這次是第一次，等於回答了對方的提問。

其他選項 1　題目沒有問到「いつ来たか」。

3　題目沒有問到「だれと」。

MEMO

第5回 言語知識（文字・語彙） 問題1 P150-151

1

解　答	3
題目翻譯	每天早上會沿著大使館的周圍散步。
解　說	「散」與「步」合起來，表示「散步」的意思，用音讀，唸作「さんぽ」。請特別注意，「步」音讀是「ほ」，由於連濁的關係唸作「ぽ」（不是「ぼ」）。另外，「歩く（走路）」用訓讀，唸作「あるく」。請注意「步」的寫法，比中文「步」多了一筆。

2

解　答	2
題目翻譯	我父母是學校老師。
解　說	「両」與「親」合起來，表示「父母」的意思，用音讀，唸作「りょうしん」。請留意，「両」音讀「りょう」是長音，發音同「りょお」，但必須寫成「りょう」。另外，「親」訓讀唸作「おや」，如「母親／ははおや（母親）」。

3

解　答	2
題目翻譯	我有個滿九歲的弟弟。
解　說	除了「九つ（九個）」、「九日（九號）」用訓讀，分別唸作「ここのつ」、「ここのか」，其餘的「九」大都用音讀，唸作「きゅう」，如「９人／きゅうにん（九個人）」，或讀作「く」，如「９時／くじ（九點）」。

4

解　答	4
題目翻譯	車子在馬路的左側奔馳。
解　說	「左」與「側」合起來，表示「左側」的意思，用訓讀，唸作「ひだりがわ」。

5

解　答	3
題目翻譯	每天都喝牛奶。
解　說	「牛」與「乳」合起來，表示「牛奶」的意思，用音讀，唸作「ぎゅうにゅう」。請特別注意，「牛」跟「乳」都是拗音加長音，別把「ぎゅ」、「にゅ」記成「ぎゆ」、「にゆ」，或是漏掉後面的「う」囉。

6

解　答	4
題目翻譯	繫上紅領帶。
解　說	像形容詞等有語尾活用變化的字，唸法通常是訓讀，「赤い」讀作「あかい」。

7

解答 2

題目翻譯 **現在是四點十五分。**

解說 「時」表示「…點」時，用音讀，唸作「じ」。「4」通常讀作「よん」或「し」，但「4時」一定要唸作「よじ」。另外，「時」訓讀讀作「とき」，表示「（…的）時候；時間」。請注意「時」的寫法，跟中文「時」不同，右上部要寫成「土」而不是「士」。

8

解答 4

題目翻譯 **請在那邊等一下。**

解說 像動詞等有語尾活用變化的字，唸法通常是訓讀，「待つ」讀作「まつ」。

9

解答 2

題目翻譯 **學校的旁邊有一座小公園。**

解說 「横」當一個單字，用訓讀，唸作「よこ」。請注意「横」的寫法，跟中文「橫」略有不同。

10

解答 3

題目翻譯 **變得非常開心。**

解說 有語尾活用變化的字，唸法通常是訓讀，「楽しい」讀作「たのしい」。另外，「楽」音讀可以讀作「らく」或「がく」。

第5回（だいかい） 言語知識（文字・語彙）（げんごちしき もじ ごい） 問題2（もんだい） P152

11

解答 3

題目翻譯 **由於天氣變熱了，所以脫掉了襯衫。**

解說 請留意，別把片假名「シ」跟「ツ」，或「ツ」跟「ン」搞混了。

12

解答 2

題目翻譯 **把那趟旅行寫進了作文裡。**

解說 「さく」、「ぶん」分別是「作」、「文」兩字的音讀。這個單字意思與中文大致相同，不過單就「文」而言，通常是指「句子」的意思。

13

解答 4

題目翻譯 在明亮的房間裡看了書。

解說 「あかるい」是形容詞「明るい」的訓讀。從字形大概能夠聯想字義，最好能與反義詞「くらい／暗い（暗的）」一起記。如果其他選項出現「朋」等相似漢字，請小心不要看錯。

14

解答 2

題目翻譯 眼鏡在六樓的店家有販賣。

解說 「かい」是漢字「階」的音讀。和中文用法不太一樣，可以跟「かいだん／階段（樓梯）」一起記，增加印象。「６」原本讀作「ろく」，但後接「かい」產生促音化，所以得改唸成「ろっ」。

15

解答 3

題目翻譯 生下了一個可愛的女孩子。

解說 「おんな」是漢字「女」的訓讀。意思與中文相同，「女」音讀讀作「じょ」，如「じょせい／女性（女性）」。

16

解答 1

題目翻譯 用強大的力量推倒了。

解說 「つよい」是形容詞「強い」的訓讀。意思與中文大致相同，最好能與反義詞「よわい／弱い（虛弱的）」一起記。

17

解答 4

題目翻譯 外面雖然很冷，但是房子裡面很溫暖。

解說 「なか」是漢字「中」的訓讀。意思與中文相同，「中」音讀讀作「ちゅう」，如「ちゅうごくご／中国語（中文）」。

18

解答 2

題目翻譯 我喜歡魚類的餐點。

解說 「さかな」是漢字「魚」的訓讀。其他選項出現「漁」等相似漢字，請小心不要看錯。

19

解　答	4
題目翻譯	有沒有什麼（可以吃的東西）？我肚子有點餓了。
選項翻譯	1　可以讀的東西　2　可以喝的東西　3　可以寫的東西　4　可以吃的東西
解　說	「おなかがすく」是「肚子餓」的意思。因此，由「おなかがすきました」可以對應到答案的「たべもの」。又，如果後項是「のどがかわきました（口渴了）」，這時候答案就可以選「のみもの」。

20

解　答	1
題目翻譯	頭很痛，所以現在要去（醫院）。
選項翻譯	1　醫院　2　美容院　3　疾病　4　圖書館
解　說	「～ので」表示理由。從前項的「あたまがいたい」，可以推論出要去「びょういん」。作答時，題目及選項都請看仔細，別誤選成選項2的「びよういん／美容院」囉。

21

解　答	3
題目翻譯	（抽）菸的人變得愈來愈少了。
選項翻譯	1　吃　2　穿　3　抽　4　吹
解　說	「たばこをすう」是「抽煙」的意思。因此，空格應該要填入「すう」。句型「動詞＋名詞」表示用動詞修飾名詞，題目句用「たばこをすう」來修飾「ひと」，意指「抽菸的人」。

22

解　答	1
題目翻譯	夏天外出時會（戴）帽子。
選項翻譯	1　戴（帽子）　2　穿（鞋、襪、褲等）　3　穿（衣）　4　戴（耳環、胸針等）
解　說	「ぼうしをかぶる」是「戴帽子」的意思。因此，由「ぼうし」可以對應到答案的「かぶります」。請多加留意，日語中表示「穿戴衣服配件、飾品等」時，會依不同目的語而搭配不同動詞。

23

解　答	2
題目翻譯	我家拐過這個（轉角）就到了。
選項翻譯	1　旁邊　2　轉角　3　右邊　4　街區
解　說	「かどをまがる」是「拐過轉角」的意思。因此，由「まがって」可以對應到答案的「かど」。

24

解　答	4
題目翻譯	早上會用冰冷的水（洗）臉。
選項翻譯	1　畫　2　塗抹　3　穿　4　洗
解　說	日語中，表示「洗臉」動詞用「あらう」。從前項的「みず」跟「かお」，可以對應到答案的「あらいます」。

25

解　答	1
題目翻譯	他非常（珍惜）朋友。
選項翻譯	1　珍惜　2　安靜　3　熱鬧　4　有名
解　說	「たいせつにする」是「珍惜」的意思。因此，由「友だち」可以對應到答案的「たいせつに」。

26

解　答	3
題目翻譯	我妹妹在明年的四月就會（升到）五年級了。
選項翻譯	1　攀登　2　升了　3　升到　4　做
解　說	日語中，表示「升到…年級」會用「〜ねんせいになる」。由「らいねん」可以知道題目句在說未來的事，所以推出答案是「なります」。選項２「なりました」是過去式，因此不能選。另外，日本的學校是從每年四月開始新的學年。

27

解　答	1
題目翻譯	染上（感冒）了，所以吃了藥。
選項翻譯	1　感冒　2　疾病　3　辭典　4　線
解　說	「かぜをひく」是「感冒」的意思。又，日語中，表示「吃藥」動詞用「のむ」。因此，由後項「くすりをのみました」可以對應到答案的「かぜ」。「〜ので」表示理由。另外，表示「染上疾病」的日語會用「びょうきになる」，所以選項２不能選。

28

解　答	4
題目翻譯	請在那邊把鞋子（脫掉），進來裡面。
選項翻譯	1　穿上　2　丟掉　3　借　4　脫掉
解　說	由插圖以及後項的「なかにはいってください」，知道進入前得拖鞋，所以答案是「ぬいで」。另外，表示「穿鞋」動詞會用「はく」。

29

解答 4

題目翻譯 我有兩個弟弟和一個妹妹。

選項翻譯
1 我家是三個兄弟姊妹。 2 我家總共有四個人。
3 我家是兩個兄弟姊妹。 4 我家是四個兄弟姊妹。

解說 日語中，「わたしは～きょうだいです」表示包含「わたし」在內，「我家有…個兄弟姊妹」的意思。因此，題目句的「おとうとが二人」跟「いもうとが一人」，可以對應到答案句的「４人きょうだい」。另外，題目句的換句話說也可以說成「わたしにはきょうだいが３人います（我有三個兄弟姊妹）」。

30

解答 3

題目翻譯 請不要把電燈關掉。

選項翻譯
1 請把電燈關掉。 2 請不要開電燈。
3 請讓電燈繼續亮著。 4 可以把電燈關掉沒關係。

解說 「けさないでください」是解題關鍵，是「けす」的否定形加「～てください」，是「請不要…」的意思，可以對應到答案句的「つけていてください」。「つけていてください」是「つける」加表示狀態持續的「～ています」，再加上「～てください」，是「請（保持某狀態）…」的意思。

31

解答 4

題目翻譯 請問有沒有不這麼艱深難懂的兒童書呢？

選項翻譯
1 請問有沒有更艱深的兒童書呢？ 2 請問有沒有不這麼淺顯的兒童書呢？
3 請問有沒有更了不起的兒童書呢？ 4 請問有沒有更淺顯易讀的兒童書呢？

解說 「むずかしくない」是解題關鍵，是「むずかしい」的否定形，意思等於「やさしい」。

32

解答 2

題目翻譯 現在不太忙。

選項翻譯
1 現在還很忙。 2 現在有一點空檔時間。
3 現在非常忙碌。 4 現在還沒有空檔時間。

解說 句型「あまり～ない」是「不太…」的意思。題目句的「あまりいそがしくない」，可以對應到答案句的「ひま」。

33

解　答	1
題目翻譯	兩天前家母打了電話給我。
選項翻譯	1　前天家母打了電話給我。　2　後天家母打了電話給我。 3　一個星期前家母打了電話給我。　4　昨天家母打了電話給我。
解　說	「二日まえ」是解題關鍵字，意思等於「おととい」。

第5回（だいかい）　言語知識（文法）（げんごちしき ぶんぽう）　問題1（もんだい）　P157-159

1

解　答	2
題目翻譯	這是妹妹（所）做的蛋糕。
解　說	題目句可以拆解成①「これはケーキです」與②「これは妹（ ）作りました」二句。②用了句型「～は～が」，其中的「は」點出句子主題，而「が」則表示後項陳述的主語。又，動詞普通形可以直接修飾名詞，「妹が作った」可以用以修飾「ケーキ」，如此一來，①、②便可以合併成題目句。另外，這一句可以用「の」代替「が」。

2

解　答	1
題目翻譯	A「你的國家會下雪嗎？」 B「（不太）下雪。」
解　說	用句型「あまり＋否定」，表示程度不特別高，數量不特別多，中文可以翻譯成「不太…」。由「あまり」可以對應到答案。其他選項後面如果不是接「ふります」，語意就會不通順。

3

解　答	4
題目翻譯	A「可以教我（做）麵包的方法嗎？」 B「可以呀！」
解　說	以「動詞ます形＋かた」的形式，表示方法、手段、程度跟情況，中文可以翻譯成「…法」。答案是「作る」ます形的選項4。

4

解　答　3

題目翻譯　**交通號誌變成綠燈了。我們過馬路吧！**

解　說　以「名詞に＋なります」的形式，表示在無意識中，事態本身產生的自然變化，這種變化並不是人是有意圖性的；即使變化是人是造成的，如果重點不在「誰改變的」，也可以用這個文法。考慮到「青」與「なりました」的關係，可以對應到答案。

5

解　答　3

題目翻譯　**A「你喜歡吃哪些水果呢？」**

B「我喜歡蘋果，（也）喜歡橘子。」

解　說　用句型「～も～も」，表示同性質的東西並列或列舉，是「…也…」的意思。由前面的「りんごも」，可以對應到答案。

6

解　答　3

題目翻譯　**在家門前（把）計程車攔下來了。**

解　說　「とめました」是他動詞，由於「タクシー」是「とめました」的目的語，因此必須搭配「を」。「タクシーをとめる」表示「停止」的這個人是動作，直接作用在「計程車」上，中文可以翻譯成「把計程車攔下來」。

7

解　答　2

題目翻譯　**A「好了，我們出門吧！」**

B「可以麻煩再等我十分鐘（就好）嗎？」

解　說　「だけ」表示限於某範圍，除此以外別無他者，是「只、僅僅」的意思。如果空格填入「ずつ（各…）」、「など（…等）」及「から（從…）」，意思不合邏輯，所以答案是２。

8

解　答　1

題目翻譯　**不要一邊（走路）一邊打行動電話吧！**

解　說　「動詞ながら」表示同一主體同時進行兩個動作，中文可以翻譯成「一邊…一邊…」，這時動詞必須用「ます形」，所以答案是１。

9

解　答　4

題目翻譯　**A「從這裡（到）學校大約需要多少時間呢？」**

B「二十分鐘左右。」

解　說　「～から～まで」可以表示距離的範圍，「から」前面的名詞是起點，「まで」前面的名詞是終點。由前面的「ここから」，可以對應到答案。

10

解答 3

題目翻譯 A「有誰在教室裡嗎？」

B「沒有，（誰都）不在。」

解說 用句型「疑問詞＋も＋否定」，表示全面否定，中文可以翻譯成「都（不）…」。由後面「いませんでした」，可以解出答案。

11

解答 1

題目翻譯 A「為什麼你不看報紙呢？」

B「（因為）早上很忙。」

解說 「～から」表示原因、理由，是「因是…」的意思。一般用在說話人出於個人主觀理由，是種較強烈的意志性表達。由用在問理由的「なぜ」，可以對應到答案。

12

解答 2

題目翻譯 A「那件襯衫是花了（多少錢）買的呢？」

B「兩千日圓。」

解說 「いくら」表示詢問數量、程度、價格、工資、時間、距離等的疑問詞，是「多少」的意思。由B句的「２千円」，可以對應到答案。

13

解答 4

題目翻譯 這是我送給你的禮物。

解說 表示從某人那裡得到東西，用格助詞「から」，前面接某人（起點），是「由…」的意思。「あなたへのプレゼント」的「へ」，表示接收動作或事物的對象（到達點），是「給…」的意思，可以對應到答案。

14

解答 2

題目翻譯 在睡覺（前）要刷牙喔！

解說 「動詞まえに」表示動作的順序，也就是做前項動作之前，先做後項的動作。這時，「まえに」前面的動詞必須用「動詞辭書形」。

15

解答 1

題目翻譯 小孩子喜歡甜食。

解說 「が」前接對象，表示好惡、需要及想要得到的對象。考慮到「あまいもの」與「すき」的關係，可以對應到答案。

16

解答 4

題目翻譯 山田「田上先生有兄弟姊妹嗎？」

田上「我（雖然）有哥哥，但是沒有弟弟。」

解說 「～が～」表示逆接，用在連接兩個對立的事物，前句跟後句內容是相對立的。由前項的「います」與後項的「いません」，可以知道要用逆接。

第5回（だいかい） 言語知識（げんごちしき）（文法（ぶんぽう）） 問題（もんだい）2 P160-161

17

解答 4

正確語順 B「日本（にほん）の　たべもので　わたしが　すきなのは　てんぷらです。」

題目翻譯 A「在日本的食物當中，你喜歡什麼樣的呢？」

B「在日本的食物當中，我喜歡的是天婦羅。」

解說 選項１、４是助詞，一定會附接在其他語詞之後，因此先思考選項２、３會放入哪一格。選項３後面只可能接選項２，如果將第一、二格依序填入選項３、２，則可能的語順排序是３２１４或３２４１，語意通順的是後者，因此★處是「の」。這邊的「の」是準體助詞，代替的是前項的「日本のたべもの」。而「は」後面的「てんぷら」，是句中被強調的部分。

18

解答 2

正確語順 夕ご飯（ゆうはん）は　おふろに　入（はい）ったあとで　食（た）べます。

題目翻譯 晚飯等到洗完澡以後吃。

解說 「洗澡」日語用「おふろに入る」，這一時的「に」是格助詞，表示動作移動的到達點。又，由句型「動詞た形＋あとで（…之後…）」推測出「あとで」放第四格，因此★處是２。

19

解答 2

正確語順 学生（がくせい）「朝（あさ）、あたまが　いたく　なったからです。」

題目翻譯 老師「昨天為什麼沒來學校呢？」

學生「因為我早上頭痛了。」

解說 日語中，「あたまがいたい」是「頭痛」的意思。又，形容詞詞尾的「い」變成「く」，後面再接上「なります」，表示事物本身產生的自然變化。因此，推出空格正確語順是「あたまがいたくなった」，知道★處是２。

20

解答	1
正確語順	しゅくだいを　してから　あそびます。
題目翻譯	**先做功課以後再玩。**
解說	「做功課」日語用「しゅくだいをする」，這時的「しゅくだい」是目的語，是「する」動作所涉及的對象。又，以「動詞て形＋から」的形式，結合兩個句子，表示動作順序，強調先做前項再進行後項。因此，推出空格正確語順是「しゅくだいをしてから」，知道★處是１。

21

解答	1
正確語順	A「うちの　ねこは　一日中（いちにちちゅう）　ねて　いますよ。」
題目翻譯	**A「我家的貓一天到晚都在睡覺耶！」** **B「那麼巧！我家的貓也是一樣耶！」**
解說	句型「動詞＋ています」，表示有從事某行為動作的習慣。因此，可以推出第三、四格分別是「ねて」、「います」，知道★處是２。再確認其他選項，「うちの」後接選項２時句意不通順，因此要接選項４，而選項２則跟著接於其後。

第5回（だいかい）　言語知識（文法）（げんごちしき　ぶんぽう）　問題3（もんだい）　P162

文章翻譯

在日本留學的學生以〈未來的我〉為題名寫了一篇文章，並且在班上同學的面前誦讀給大家聽。

（１）

我想在日本的公司上班，學習服裝設計。等我學會了服裝設計之後就會回國，希望製作出物美價廉的服裝。

（２）

我想在日本公司從事電腦工作大約五年，然後回國在國內的公司工作。因為我父母和兄弟姊妹們都在等著我回國。

22

解答	1
解說	從「会社」和「つとめる」來推測，以表示對象的「に」為正確答案。

23

解 答　2

選項翻譯　1　好吃的　　2　價廉的　　3　寒冷的　　4　寬廣的

解 說　選項全部都是形容詞。首先，從能不能修飾空格後面的「服」來選出答案。選項１不可能；選項２可能；選項３雖然有點奇怪，但好像也不是完全不可能；選項４不可能。綜上所述，以選項２的可能性最高。為求慎重起見，再確認其前後文，發現其前方寫著「よいデザインで」，而後面則有關於「作る」的詞句。由於文章的題目是「しょうらいのわたし」，由此得知作者描述的是「わたし」未來想要製作這樣的衣服。如此一來，果然還是以選項２為最適切的答案。

24

解 答　4

解 說　如同第23題所推理的一樣，既然文章的題目是「しょうらいのわたし」，應該是以呈現出「作る」並加上了表示期望的「たい」選項４為正確答案。

25

解 答　3

選項翻譯　1　已經　　2　可是　　3　然後　　4　尚未

解 說　在空格前面提到的是在「日本の会社で」工作的事，而在空格後面則是「国に帰って、国の会社で」工作的事，所以，表示時間前後順序的選項３為正確答案。

26

解 答　2

解 說　因為「ぼく」是「帰る」的主詞，因此可能的選項為１和２。

①ぼくは国に帰ります（我要回國）

②ぼくが国に帰ります（我非回國不可）

這兩句話的文法都是正確的，但語意略有不同。通常用的是①。②指說話人特別強調要回國的「不是別人，就是我本人」，因此一般較少使用。不過在這裡，由於他的父母和兄弟姊妹還在祖國等著他回去，因此他必須強調要回國的「不是別人，就是我本人」，所以選項２為正確答案，而不能使用選項１。另外，「は」和「が」運用上的區別，即使對程度很好的人也很困難，所以就算現在還不太懂，也不需要感到沮喪。

27

解　答　1

文章翻譯　(1)

昨天超級市場三個蕃茄賣一百日圓。我喊了聲「好便宜！」，馬上買了。回家的路上到家附近的蔬果店一看，發現更大顆的蕃茄四個才賣一百日圓。

題目翻譯　「我」在什麼地方用多少錢買了蕃茄呢？

選項翻譯
1　在超級市場買了三個一百日圓的番茄。
2　在超級市場買了四個一百日圓的番茄。
3　在蔬果店買了三個一百日圓的番茄。
4　在蔬果店買了四個一百日圓的番茄。

解　說　(1) 的文章是由三句話所組合而成的。
第一句：昨天超級市場裡有賣蕃茄
第二句：作者在那裡買了蕃茄
第三句：之後，他在蔬果店發現了更便宜的蕃茄
題目問的是「買いましたか」，而敘述了購買過程的是第二句。在第二句中，雖然沒有寫到「どこで」和「いくらで」，但由於第二句是第一句話的延伸，因此只要對照第一句和所有選項，就可以找到答案了。

28

解　答　1

文章翻譯　(2)

今天早上我去了公園散步。住隔壁的爺爺坐在樹下看著報紙。

題目翻譯　請問隔壁的爺爺是哪一位呢？

解　說　在看報紙的爺爺，只有選項 1 符合條件。

29

解　答　3

文章翻譯　(3)

徹同學從學校拿到了一張通知單。

給同學家人們的通知函

三月二十五日（星期五）早上十點起，本校將於體育館舉辦學生音樂成果發表會。

由於全體同學必須穿著同樣的白襯衫唱歌，請先至位於學校前方的店鋪購買。

進入體育館時，請換穿擺放在入口處的拖鞋。會場內歡迎拍照。

〇〇高中

題目翻譯　請問媽媽在徹同學參加音樂成果發表會之前，會買什麼東西呢？

選項翻譯　1　拖鞋　2　白長褲　3　白襯衫　4　錄影機

解　說　由於題目問的是「何を買いますか」，在文章中尋找關於購買的語句時，發現在第二段裡寫著「白いシャツを～買っておいてください」。

第5回（だいかい）　讀解（どっかい）　問題5（もんだい）　P166

文章翻譯

去年我和朋友去了沖繩旅行。沖繩是位於日本南方的島嶼，以美麗的海景著稱。

我們一下了飛機，立刻去了海邊游泳。游完泳後再去參觀了一座古老的*城堡。那座城堡和我國家的城堡，或是我以前在日本看過的其他城堡都不一樣，是一座很有意思的建築。朋友拍下了很多張城堡的照片。

看完城堡以後，大約四點左右，我們前往旅館。在旅館的門前有一隻貓咪在睡覺。那隻貓咪實在長得太可愛了，所以我拍了很多張那隻貓咪的照片。

＊城堡：規模宏大又氣派的一種建築物。

30

解　答　4

題目翻譯　我們一到達沖繩，最先做了什麼事？

選項翻譯
1　去看了古老的城堡。
2　進了旅館。
3　去了海邊拍照。
4　去了海邊游泳。

解　說　由於題目問的是「はじめに」，在文章中尋找相關的部分時，發現在第二段裡有「すぐ」。而接下來的部分和選項4完全一樣，該選哪一項應該毫無疑問吧。

31

解　答　3

題目翻譯　「我」拍了什麼照片呢？

選項翻譯
1　古老城堡的照片
2　美麗海景的照片
3　睡在旅館門前的貓咪的照片
4　睡在城堡門上的貓咪的照片

解　說　在文章的最後提到「わたしはそのねこのしゃしんをとりました」。那一隻就是在「ホテルの門の前で」睡覺的貓。

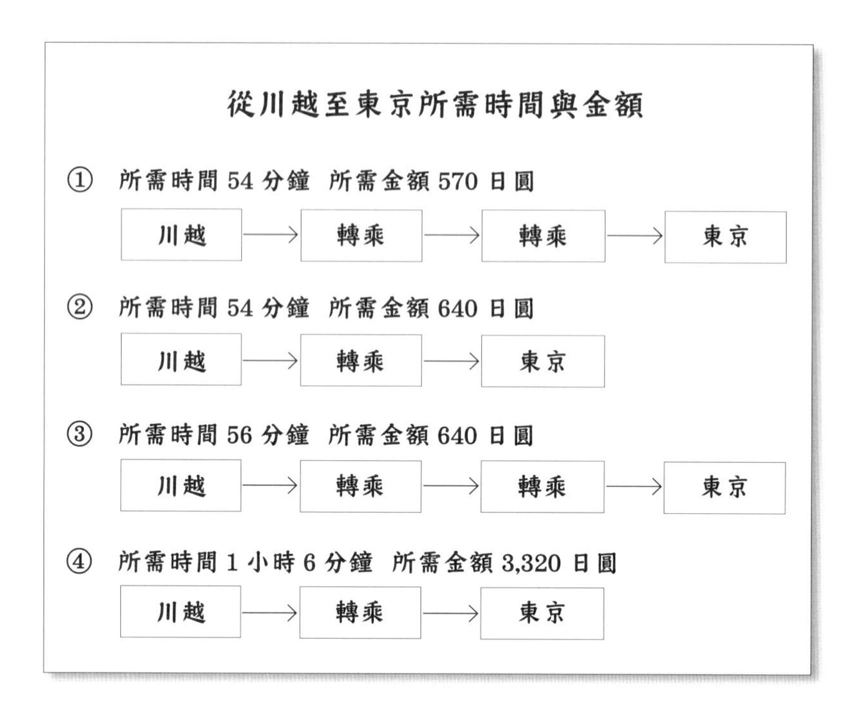

32

解答 2

題目翻譯 楊小姐要從一個叫川越的車站搭電車前往東京車站。查詢乘車方式之後，發現有四種方法可以抵達。請問*轉乘次數最少，而且所需時間最短的是①～④之中的哪一種呢？

＊轉乘：下了電車或巴士以後，再搭上其他電車或巴士。

選項翻譯 1 ①　2 ②　3 ③　4 ④

解說 首先，要選的是「乗り換えの回数が少なく」，但由於並沒有可以不換乘就到達的方式，因此先尋找只要換一次就可以到達的途徑，於是篩選出②和④。接著，再搜尋時間較短的前往方式，篩選出①和②。因此，同時符合上述兩項條件的就是②了。

第5回　聴解　問題1　P168-172

1

解　答　4

聴解內文　男の人と女の人が話しています。男の人は、この後、何を食べますか。

M：晩ご飯、おいしかったですね。この後、何か食べますか。

F：果物が食べたいです。それから、紅茶もほしいです。

M：僕は、果物よりおかしが好きだから、ケーキにします。

F：私もケーキは好きですが、太るので、晩ご飯の後には食べません。

男の人は、この後、何を食べますか。

聴解翻譯　**男士和女士正在交談。請問這位男士之後會吃什麼呢？**

M：這頓晚餐真好吃！接下來要吃什麼呢？

F：我想吃水果。還有，也想喝紅茶。

M：比起水果，我更喜歡吃甜點，我要吃蛋糕。

F：我也喜歡蛋糕，但是會變胖，所以晚餐之後不吃。

請問這位男士之後會吃什麼呢？

解　說　由「僕は、～ケーキにします」，可以知道答案是4。

2

解　答　4

聴解內文　学校で、女の人と男の人が話しています。男の人は、後でどこに行きますか。

F：山田先生があなたをさがしていましたよ。

M：えっ、どこでですか。

F：教室の前のろうかでです。あなたのさいふが学校の食堂に落ちていたと言っていましたよ。

M：そうですか。山田先生は今、どこにいるのですか。

F：さっきまで先生方の部屋にいましたが、もう授業が始まったので、B組の教室にいます。

M：じゃ、授業が終わる時間に、ちょっと行ってきます。

男の人は、後でどこに行きますか。

聽解翻譯　女士和男士正在學校裡交談。請問這位男士之後要去哪裡呢？

F：山田老師正在找你喔！

M：嗄？在哪裡遇到的呢？

F：在教室前面的走廊。說是你的錢包掉在學校餐廳裡了。

M：原來是這樣哦。山田老師現在在哪裡呢？

F：剛才還在教師們的辦公室裡，可是現在已經開始上課了，所以在B班的教室。

M：那，等下課以後我去一下。

請問這位男士之後要去哪裡呢？

選項翻譯

1　教室前面的走廊

2　學校的餐廳

3　教師們的辦公室

4　B班的教室

解　說　男士想去見山田老師。而山田老師現在「B組の教室にいます」。但是因為現在是上課時間，不能打擾他，所以只能斟酌一下在下課時間，再去見他。

3

解　答　3

聽解內文　店で、女の人と店の人が話しています。店の人は、どのかばんを取りますか。

F：子どもが学校に持っていくかばんはありますか。

M：お子さんはいくつですか。

F：12歳です。

M：では、あれはどうですか。絵がついていない、白いかばんです。大きいので、にもつがたくさん入りますよ。動物の絵がついているのは、小さいお子さんが使うものです。

店の人は、どのかばんを取りますか。

聽解翻譯　女士和店員正在商店裡交談。請問這位店員會拿出哪一個提包呢？

F：有沒有適合兒童帶去學校用的提包呢？

M：請問您的孩子是幾歲呢？

F：十二歲。

M：那麼，那個可以嗎？上面沒有圖案，是白色的提包，容量很大，可以放很多東西喔！有動物圖案的是小小孩用的。

請問這位店員會拿出哪一個提包呢？

解　說　請用刪除法找出正確答案。因為提到「絵がついていない、白いかばん」，所以只有選項3、4符合。接著，因為提到「大きいので」，所以小的選項4也刪掉。

4

解　答　4

聽解內文

女の留学生と男の留学生が話しています。男の留学生は、夏休みにまず何をしますか。

F：夏休みには、何をしますか。

M：プールで泳ぎたいです。本もたくさん読みたいです。それから、すずしいところに旅行にも行きたいです。

F：わたしの学校は、夏休みの宿題がたくさんありますよ。あなたの学校は？

M：ありますよ。日本語で作文を書くのが宿題です。宿題をやってから遊ぶつもりです。

男の留学生は、夏休みにまず何をしますか。

聽解翻譯

女留學生和男留學生正在交談。請問這位男留學生暑假時最先會做什麼呢？

F：你暑假要做什麼呢？

M：我想去泳池游泳，也想看很多書。然後，還想去涼爽的地方旅行。

F：我的學校給了很多暑假作業耶！你的學校呢？

M：有啊！作業是用日文寫作文。我打算先做完作業後再去玩。

請問這位男留學生暑假時最先會做什麼呢？

選項翻譯

1　在泳池游泳　　2　看書　　3　去旅行　　4　做作業

解　說

選項全是男留學生想在暑假去做的事。不過因為提到「宿題をやってから遊ぶつもり」，所以首先要做的事是做作業。

5

解　答　3

聽解內文

ペットの店で、男のお店の人と女の客が話しています。女の客はどれを買いますか。

M：あの大きな犬はいかがですか。

F：家がせまいから、小さい動物の方がいいんですが。

M：では、あの毛が長くて小さい犬は？かわいいでしょう。

F：あのう、犬よりねこの方が好きなんです。

M：じゃ、あの白くて小さいねこは？かわいいでしょう。

F：あ、かわいい。まだ子ねこですね。

M：鳥も小さいですよ。

F：いえ、もうあっちに決めました。

女の客はどれを買いますか。

聽解翻譯　男店員和女顧客正在寵物店裡交談。請問這位女顧客會買哪一隻動物呢？

M：您覺得那隻大狗如何呢？

F：家裡很小，小動物比較適合。

M：那麼，那隻長毛的小狗呢？很可愛吧？

F：呃，比起狗，我更喜歡貓。

M：那麼，那隻白色的小貓呢？很可愛吧？

F：啊！好可愛！還是一隻小貓咪吧？

M：鳥的體型也很小哦！

F：不用了，我已經決定要那一隻了。

請問這位女顧客會買哪一隻動物呢？

解　說　請用刪除法找出正確答案。首先，大隻狗不行，接著小隻狗也不要，提到貓的時候，說了「かわいい」，所以貓的選項先保留。提到鳥時，說「いえ」拒絕了，然後又說「あっちに決めました」，所以最後決定選擇買貓。

6番

解　答　4

聽解內文　女の人と男の人が話しています。男の人は、このあと初めに何をしますか。

F：おかえりなさい。寒かったでしょう。今、部屋を暖かくしますね。

M：うん、ありがとう。

F：熱いコーヒーを飲みますか。すぐ晩ご飯を食べますか。

M：晩ご飯の前に、おふろのほうがいいです。

F：どうぞ。おふろも用意してあります。

男の人は、このあと初めに何をしますか。

聽解翻譯　女士和男士正在交談。請問這位男士之後要先做什麼呢？

F：你回來了！外面很冷吧？我現在就開暖氣喔！

M：嗯，謝謝。

F：要不要喝熱咖啡？晚飯馬上就可以吃了。

M：我想在吃晚飯前先洗澡。

F：去洗吧，洗澡水已經放好了。

請問這位男士之後要先做什麼呢？

選項翻譯　1　開室內暖氣　2　喝熱咖啡　3　吃晚飯　4　洗澡

解　說　因為說了「晩ご飯の前に、おふろのほうがいいです」，所以是洗澡之後才吃晚餐，答案是４。選項１錯在把房間弄暖的是女士。至於選項２，男士要不要喝咖啡，對話中並沒有陳述。

7

解　答　4

聽解內文

男の人とホテルの女の人が話しています。男の人は、どこで晩ご飯を食べますか。

M：晩ご飯をまだ食べていません。近くにレストランはありますか。

F：駅の近くにありますが、ホテルからは遠いです。タクシーを呼びましょうか。

M：そうですね……。パン屋はありますか。

F：パンは、ホテルの中の店で売っています。

M：そうですか。疲れていますので、パンを買って、部屋で食べたいです。

F：パン屋はフロントの前です。

男の人は、どこで晩ご飯を食べますか。

聽解翻譯

男士和旅館女性員工正在交談。請問這位男士要在哪裡吃晚餐呢？

M：我還沒吃晚餐，這附近有餐廳嗎？

F：車站附近有，但是從旅館去那裡太遠了。要幫您叫計程車嗎？

M：這樣哦……，有麵包店嗎？

F：麵包的話，在旅館附設的麵包店有販售。

M：這樣啊。我很累了，想買麵包帶回房間裡吃。

F：麵包店在櫃臺前方。

請問這位男士要在哪裡吃晚餐呢？

選項翻譯

1　旅館附近的餐廳　　2　車站附近的餐廳

3　旅館附近的麵包店　　4　旅館內自己的房間裡

解　說　因為提到「パンを買って、部屋で食べたいです」，所以正確解答是4。

第5回　聴解　問題2　P173-176

1

解　答　2

聽解內文

男の留学生と日本の女の人が話しています。「つゆ」とは何ですか。

M：今日も雨で、嫌ですね。

F：日本では、6月ごろは雨が多いんです。「つゆ」と言います。

M：雨がたくさん降るのが「つゆ」なんですね。

F：いいえ。秋にも雨がたくさん降りますが、「つゆ」とは言いません。

M：6月ごろ降る雨の名前なんですか。知りませんでした。

「つゆ」とは何ですか。

聽解翻譯 男留學生正在和日本女士交談。請問「梅雨」是指什麼呢？

M：今天又下雨了，好討厭哦！

F：日本在六月份經常下雨，這叫作「梅雨」。

M：下很多雨就叫作「梅雨」對吧？

F：不是的。雖然秋天也會下很多雨，但不叫「梅雨」。

M：原來是在六月份下的雨才叫這個名稱喔，我以前都不曉得。

請問「梅雨」是指什麼呢？

選項翻譯

1　討厭的雨　　2　六月份左右的雨

3　下很多的雨　　4　秋天的雨

解　說 「６月ごろは雨が多い」，這就叫做「つゆ」。並非雨下得多就叫「つゆ」，它是「６月ごろ降る雨の名前」。

2

解　答 2

聽解內文 女の人と男の人が話しています。女の人は、どんな結婚式をしたいですか。

F：昨日、姉が結婚しました。

M：おめでとうございます。

F：ありがとうございます。

M：にぎやかな結婚式でしたか。

F：はい、友だちがおおぜい来て、みんなで歌を歌いました。

M：よかったですね。あなたはどんな結婚式がしたいですか。

F：私は、家族だけの静かな結婚式がしたいです。

M：それもいいですね。私は、どこか外国で結婚式をしたいです。

女の人は、どんな結婚式をしたいですか。

聽解翻譯 女士和男士正在交談。請問這位女士想要舉行什麼樣的婚禮呢？

F：昨天我姊姊結婚了。

M：恭喜！

F：謝謝。

M：婚禮很熱鬧嗎？

F：是的，來了很多朋友，大家一起唱了歌。

M：真是太好了！妳想要什麼樣的婚禮呢？

F：我只想要家人在場觀禮的安靜婚禮。

M：那樣也很不錯喔。我想要到國外找個地方舉行婚禮。

請問這位女士想要舉行什麼樣的婚禮呢？

選項翻譯

1　熱鬧的婚禮　　2　安靜的婚禮

3　到外國舉行的婚禮　　4　不想舉行婚禮

解　說 女士明確的說了「家族だけの静かな結婚式がしたい」。

3

解　答	3

聽解內文

女の人と男の人が、電話で話しています。今、男の人がいるところは、どんな天気ですか。

F：寒くなりましたね。

M：そうですね。テレビでは、午前中はくもりで、午後から雪が降ると言っていましたよ。

F：そうなんですか。そちらでは、雪はもう降っていますか。

M：まだ、降っていません。でも、今、雨が降っているので、夜は雪になるでしょう。

今、男の人がいるところは、どんな天気ですか。

聽解翻譯

女士和男士正在講電話。請問那位男士目前所在地的天氣如何呢？

F：天氣變冷了吧？

M：是啊。電視氣象說了，上午是陰天，下午之後會下雪喔。

F：這樣哦。你那邊已經在下雪了嗎？

M：還沒下。不過，現在正在下雨，入夜之後應該會轉為下雪吧。

請問那位男士目前所在地的天氣如何呢？

選項翻譯

1　陰天　　2　下雪天　　3　雨天　　4　晴天

解　說

男士提到「今、雨が降っている」。雖然接著之後，下雪的可能性很高，不過問題問的是「今」。

4

解　答	4

聽解內文

男の人と女の人が話しています。女の人は、ぜんぶでいくら買い物をしましたか。

M：たくさん買い物をしましたね。お酒も買ったのですか。いくらでしたか。

F：1本1,500円です。2本買いました。

M：お酒は高いですね。そのほかに何を買いましたか。

F：パンとハム、それに卵を買いました。パーティーの料理にサンドイッチを作ります。

M：パンとハムと卵でいくらでしたか。

F：2,500円でした。

女の人は、ぜんぶでいくら買い物をしましたか。

聽解翻譯 男士和女士正在交談。請問這位女士總共買了多少錢的東西呢？

M：妳買了好多東西哦！還買了酒嗎？多少錢？

F：一瓶一千五百日圓，我買了兩瓶。

M：酒好貴喔！其他還買了什麼呢？

F：麵包和火腿，還買了蛋。派對的餐點我要做三明治。

M：麵包和火腿還有蛋是多少錢呢？

F：兩千五百日圓。

請問這位女士總共買了多少錢的東西呢？

選項翻譯 1 一千五百日圓　2 兩千五百日圓　3 三千日圓　4 五千五百日圓

解　說 一瓶一千五百日圓的酒，兩瓶就是三千日圓。其他還有麵包、火腿和蛋合計為兩千五百日圓，所以全部加起來是五千五百日圓。

5

解　答 1

聽解內文 女の学生と男の学生が話しています。二人は、今日は何で帰りますか。

F：あ、佐々木さん。いつもこのバスで帰るんですか。

M：いいえ、お金がないから、自転車です。天気が悪いときは、歩きます。

F：今日はどうしたんですか。

M：足が痛いんです。小野さんは、いつも地下鉄ですよね。

F：ええ、でも今日は、電気が止まって地下鉄が走っていないんです。

M：そうですか。

二人は、今日は何で帰りますか。

聽解翻譯 女學生和男學生正在交談。請問他們兩人今天要用什麼交通方式回家呢？

F：啊，佐佐木同學！你平常都是搭這條路線的巴士回家嗎？

M：不是，我沒錢，都騎自行車；天氣不好的時候就走路。

F：那今天為什麼會來搭巴士呢？

M：我腳痛。小野同學通常都搭地下鐵吧？

F：是呀。不過今天停電了，地下鐵沒有運行。

M：原來是這樣的喔。

請問他們兩人今天要用什麼交通方式回家呢？

選項翻譯 1 巴士　2 自行車　3 步行　4 地下鐵

解　說 因為女學生說「いつもこのバスで帰るんですか」，所以兩人現在應該是在公車裡，或是公車站。雖然兩人平常都是利用其他不同的交通工具上下學，不過今天是搭公車回家。

6

解　答　2

聽解內文

女の人と店の男の人が話しています。女の人はかさをいくらで買いましたか。

F：すみません。このかさは、いくらですか。

M：2,500円です。前は2,800円だったのですよ。

F：300円安くなっているのですね。同じかさで、赤いのはないですか。

M：ないですね。では、もう200円安くしますよ。買ってください。

F：じゃあ、そのかさをください。

女の人はかさをいくらで買いましたか。

聽解翻譯

女士和男店員正在交談。請問這位女士用多少錢買了傘呢？

F：不好意思，請問這把傘多少錢呢？

M：兩千五百日圓。原本賣兩千八百日圓喔！

F：這樣便宜了三百日圓囉。有沒有和這個同樣款式的紅色的呢？

M：沒有耶。那麼，再便宜兩百日圓給您喔！跟我買吧！

F：那，請給我那把傘。

請問這位女士用多少錢買了傘呢？

選項翻譯

1　兩千兩百日圓

2　兩千三百日圓

3　兩千五百日圓

4　兩千八百日圓

解　說

之前賣兩千八百日圓的傘，現在賣兩千五百日圓。不過，並不是女士喜歡的顏色。店員似乎希望能早點賣掉這把傘，所以說要再降價兩百日圓給女士，要她買下。而女士也決定要買那把傘，所以是兩千五百減兩百，等於花了兩千三百日圓。

第5回　聴解　問題3　P177-180

1

解　答　1

聽解內文

向こうにある荷物がほしいです。何と言いますか。

F：1. すみませんが、あの荷物を取ってくださいませんか。

2. おつかれさまですが、あれを取りませんか。

3. 大丈夫ですが、あれを取ってください。

聽解翻譯 想要請人家幫忙拿擺在那邊的東西。請問這時該說什麼呢？

F：1．不好意思，可以幫我拿那件行李嗎？

2．辛苦了，但是您不拿那個嗎？

3．我沒事，可是請幫忙拿那個。

解　說 以選項1首先用「すみませんが」作開場，接著再以「動詞てくださいませんか」很有禮貌地央託的方式最為恰當。

其他選項 2　「取りませんか」的語意裡沒有央託的意思。

3　「あれを取ってください」在這個情況下是正確的用法，但是前面的「大丈夫ですが」語意不明，因此選項3的整段話不論在任何情況下都無法使用。

2

解　答 2

聽解內文 先生（せんせい）の部屋（へや）から出（で）ます。何（なん）と言（い）いますか。

M：1. おはようございます。

2. 失礼（しつれい）しました。

3. おやすみなさい。

聽解翻譯 準備要離開老師的辦公室。請問這時該說什麼呢？

M：1．早安。

2．報告完畢。

3．晚安。

解　說 從老師或上司的辦公室裡告退的時候，通常要說「失礼しました」或者「失礼します（先告退了）」。兩種用法都可以，但在學校裡用前一種的比較多。

其他選項 1　這是早上用的問候語。

3　這是就寢時的致意語。

3

解　答 3

聽解內文 会社（かいしゃ）に遅（おく）れました。会社（かいしゃ）の人（ひと）に何（なん）と言（い）いますか。

M：1. 僕（ぼく）も忙（いそが）しいのです。

2. 遅（おく）れたかなあ。

3. 遅（おく）れて、すみません。

聽解翻譯 上班遲到了。請問這時該跟公司的人說什麼呢？

M：1．我也很忙。

2．是不是遲到了呢？

3．我遲到了，對不起。

解　說 對於遲到表示歉意的只有選項3而已。

其他選項 1　這個是藉口。雖然在對話中與上文吻合，但用在現實社會中並不恰當。

2　這是當不確定自己是不是已經遲到的時候的疑問句。身為上班族，應該要充分做好時間管理，因此這個回答也不恰當。

4

解　答　1

聽解內文　ボールペンを忘れました。そばの人に何と言いますか。

F：1. ボールペンを貸してくださいませんか。

2. ボールペンを借りてくださいませんか。

3. ボールペンを貸しましょうか。

聽解翻譯　**忘記帶原子筆了。請問這時該跟隔壁同學說什麼呢？**

F：1．能不能向你借原子筆呢？

2．能不能來借原子筆呢？

3．借你原子筆吧？

解　說　央託對方「麻煩借給我」的只有選項１而已。「動詞てくださいませんか」是有事央託時的禮貌用法。

其他選項　２　這句話的意思變成出借的是我，而借用的是對方。

３　這句話同樣是建議由我出借給對方的意思。

5

解　答　2

聽解內文　メロンパンを買います。何と言いますか。

M：1. メロンパンでもください。

2. メロンパンをください。

3. メロンパンはおいしいですね。

聽解翻譯　**要買菠蘿麵包。請問這時該說什麼呢？**

M：1．請隨便給我一塊菠蘿麵包之類的。

2．請給我菠蘿麵包。

3．菠蘿麵包真好吃對吧？

解　說　以向店員明確傳達想購買商品的選項２為正確答案。

其他選項　１　由於「でも」表示還有其他的可能性，因此無法清楚界定想要的究竟是什麼東西。此外，「でも」具有對前面的名詞給予較低評價的作用，可以用在原本想買其他種類的麵包，但是今天已經賣完了，在不得已之下，只好買別種來代替的情況。

３　這個是對菠蘿麵包味道的普通感想，並沒有敘述現在想要買什麼東西。

1

解答 1

聽解內文

F：誕生日はいつですか。

M：1. 8月3日です。

2. 24歳です。

3. まだです。

聽解翻譯

F：你生日是什麼時候呢？

M：1. 八月三號。

2. 二十四歲。

3. 還沒有。

解說 由於問的是「いつ」，因此以回答特定日期的選項1為正確答案。

其他選項

2 題目沒有問到年齡。

3 這句話雖然可以用在很多情況下，但是不適用於此處。

2

解答 2

聽解內文

M：この花はいくらですか。

F：1. スイートピーです。

2. 3本で400円です。

3. 春の花です。

聽解翻譯

M：這種花多少錢呢？

F：1. 碗豆花。

2. 三枝四百日圓。

3. 春天的花。

解說 由於問的是「いくら」，因此以回答價格的選項2為正確答案。

其他選項

1 題目沒有問到花的名稱或種類。

3 題目沒有問到是哪一個季節的花。

3

解答 1

聽解內文

M：きらいな食べ物はありますか。

F：1. 野菜がきらいです。

2. くだものがすきです。

3. スポーツがきらいです。

聽解翻譯　M：你有討厭的食物嗎？

F：1．我討厭蔬菜。

2．我喜歡水果。

3．我討厭運動。

解　說　由於題目問的是「ありますか」，因此基本上要回答有還是沒有，但有時候會省略「はい、あります（嗯，有的）」而直接具體敘述是什麼樣的東西，這樣已是針對問題回答了「ある」，因此可以採用選項1這樣的回答。

其他選項　2　就算回答喜歡吃的食物，對詢問「きらいな食べ物」的對方來說，仍是個沒有用的情報。

3　由於問的是「食べ物」，因此回答「スポーツ」是答非所問。

4

解　答　3

聽解內文　F：この洋服(ようふく)、どうでしょう。

M：1. 5,800円(えん)ぐらいでしょう。

2. 白(しろ)いシャツです。

3. きれいですね。

聽解翻譯　F：這件洋裝好看嗎？

M：1．大概要五千八百日圓吧？

2．白襯衫。

3．好漂亮喔！

解　說　由於對方問的是「どうでしょう」，亦即有什麼樣的感覺或意見，雖然回答可能有很多種，但此處只有選項3符合文意。

其他選項　1　對方沒有問到價格。假如問的是「この洋服、いくらだと思いますか（你猜這件洋裝多少錢呢）」，那就可以採用這個答法。

2　對方問的不是衣服的種類或顏色。

5

解　答　1

聽解內文　F：外国旅行(がいこくりょこう)は好(す)きですか。

M：1. 好(す)きな方(ほう)です。

2. はい、行(い)きました。

3. いいえ、ありません。

聽解翻譯　F：你喜歡到國外旅行嗎？

M：1．還算喜歡。

2．是的，我去了。

3．不，沒有。

解　說　以回答喜不喜歡的選項1為正確答案。雖然「好きな方です」不如「好きです（我喜歡）」來得斬釘截鐵，但相較於一般人來說，算是比較喜歡的族群。

其他選項　2　對方問的是「喜不喜歡」，而不是「去過了沒」。

3　同樣的，對方問的不是「有沒有」。

6

解　答　3

聽解內文　F：あなたの国（くに）は、どんなところですか。

M：1. おいしいところです。

2. とてもかわいいです。

3. 海（うみ）がきれいなところです。

聽解翻譯　**F：你的國家是個什麼樣的地方呢？**

M：1. 很好吃的地方。

2. 非常可愛。

3. 海岸風光很美的地方。

解　說　確切回答了「どんなところ」的提問的只有選項3而已。

其他選項　1　假如這個選項以具體的舉例回答，比方「魚がおいしいところです（是魚很好吃的地方）」，那麼這樣的回答還算勉強可以。但是，這個回答仍然不足以完整陳述那是個什麼樣的地方。

2　這個選項答非所問。

MEMO

第6回 言語知識（文字・語彙） 問題1 P182-183

1

解答 3

題目翻譯 在圓形的桌子上面擺放了碟子。

解說 像形容詞等有語尾活用變化的字，唸法通常是訓讀，「丸い」讀作「まるい」。

2

解答 1

題目翻譯 請在這張紙上寫下號碼。

解說 「番」與「号」合起來，表示「號碼」的意思，用音讀，唸作「ばんごう」。

3

解答 2

題目翻譯 孩子們正在庭院裡嬉戲。

解說 「庭」當一個單字，用訓讀，唸作「にわ」。音讀讀作「てい」，如「家庭／かてい（家庭）」。

4

解答 4

題目翻譯 學習了漢字的寫法。

解說 像動詞等有語尾活用變化的字，唸法通常是訓讀，「習う」讀作「ならう」。音讀讀作「しゅう」，如「予習／よしゅう（預習）」。

5

解答 3

題目翻譯 今天早上很早就起床了。

解說 「今」訓讀是「いま」，音讀通常唸作「こん」；「朝」訓讀是「あさ」，音讀是「ちょう」。但請注意，「今朝」二字組合是特殊唸法，必須讀作「けさ」。

6

解答 4

題目翻譯 小時候的事已經忘了。

解說 有語尾活用變化的字，唸法通常是訓讀，「小さい」讀作「ちいさい」。音讀讀作「しょう」，如「小学生／しょうがくせい（小學生）」。

7

解答 2

題目翻譯 從這裡去電影院非常遠。

解說 有語尾活用變化的字，唸法通常是訓讀，「遠い」讀作「とおい」。

8

解　答　1

題目翻譯　**這家百貨公司的九樓設有餐廳。**

解　說　「九（９）」除了「九つ／ここのつ（九個）」、「九日／ここのか（九號）」用訓讀，其餘的大都用音讀，唸作「きゅう」，而「階」音讀是「かい」。請特別留意，「九」另一個音讀是「く」，通常在「９時／くじ（九點）」或「９月／くがつ（九月）」，才會這樣唸。

9

解　答　2

題目翻譯　**在蔬菜上灑了一點鹽後食用。**

解　說　「塩」當一個單字，用訓讀，唸作「しお」。

10

解　答　3

題目翻譯　**後年我要回國了。**

解　說　「再」、「来」、「年」三字組合起來，用音讀，唸作「さらいねん」。「再」音讀通常讀作「さい」，但出現於「再来月／さらいげつ（下下個月）」、「再来週／さらいしゅう（下下週）」等的「再」，都得唸作「さ」，不唸作「さい」。

第6回（だいかい）　言語知識（文字・語彙）（げんごちしき もじ ごい）　問題2（もんだい）　P184

11

解　答　3

題目翻譯　**冷風吹著。**

解　說　「つめたい」是形容詞「冷たい」的訓讀。其他選項可能出現「冷」、「令」等相似漢字，別粗心看錯了。「冷」意思與中文相近，音讀讀作「れい」，如「れいぞうこ／冷蔵庫（冰箱）」。

12

解　答　2

題目翻譯　**那個人是知名的醫師。**

解　說　「ゆう」、「めい」分別是「有」、「名」兩字的音讀。意思與中文相同。「名」訓讀讀作「な」，如「なまえ／名前（名字）」。

13

解　答 4

題目翻譯 透過運動打造強壯的體魄。

解　說 注意長音的片假名表記「ー」的位置，以及半濁音記號是在右上角打圈，而不是點點。另外，請小心別把片假名「ツ」跟「シ」、「ン」搞混囉。

14

解　答 2

題目翻譯 我家的人喜歡喝酒。

解　說 「さけ」是漢字「酒」的訓讀。單字意思與中文相同，但背單字時要小心別把假名「さ」跟「き」，或「け」跟「は」搞混了。

15

解　答 3

題目翻譯 日本的冬天很冷。

解　說 「ふゆ」是漢字「冬」的訓讀。意思與中文相同，最好能與相關單字「はる／春（春天）」、「なつ／夏（夏天）」、「あき／秋（秋天）」一起記。

16

解　答 1

題目翻譯 用乾淨的水洗臉。

解　說 「かお」是漢字「顔」的訓讀。請特別注意，這個單字用法與中文不太一樣，寫法也跟中文的「顏」不同。

17

解　答 4

題目翻譯 在圖書館借了書。

解　說 「かりる」是動詞「借りる」的訓讀。請特別注意，「借りる」和「貸す」漢字的訓讀讀音一樣，但意思相反，千萬別搞混了。

18

解　答 2

題目翻譯 每天在學校的游泳池游泳。

解　說 「およぐ」是動詞「泳ぐ」的訓讀。「泳」意思和中文相近，音讀讀作「えい」，如「すいえい／水泳（游泳）」。答題時請注意不要把「泳」跟「永」看錯囉。

19

解答 4

題目翻譯 黃色的美麗（花朵）綻放了。

選項翻譯 1 顏色 2 葉子 3 樹 4 花朵

解說 「はながさく」是「開花」的意思。因此，由「さきました」可以對應到答案的「はな」。

20

解答 1

題目翻譯 每天早上搭乘（地下鐵）去大學。

選項翻譯 1 地下鐵 2 桌子 3 書桌 4 電梯

解說 日語中，表示「搭乘（車、船、飛機等）」會用「交通工具＋に＋のる」。由後項「だいがくにいきます」，推出前項是搭乘某樣交通工具，因此空格應該要填入「ちかてつ」。

21

解答 2

題目翻譯 （貼上）郵票，把信寄出去了。

選項翻譯 1 附上 2 貼上 3 拿取 4 排上

解說 日語中，表示「貼郵票」動詞用「はる」。從「きって」、「てがみ」二字，推出答案是「はって」。句型「動詞＋て」可以表示動作一個接著一個，按照時間順序進行。

22

解答 1

題目翻譯 學校是在八點二十分（開始）上課。

選項翻譯 1 開始 2 奔跑 3 使…開始 4 說

解說 日語中，「はじまる」跟「はじめる」雖然都表示「開始」的意思，但用法大不同。「はじまる」是自動詞，通常指非人為意圖發生的動作；而「はじめる」是他動詞，主要指人是的，影響力直接涉及其他事物的動作。題目句描述學校是在八點二十分（），儘管決定這件事的是人，但已屬於個人意志難以改變、約定俗成的規範，因此空格應該要填入自動詞的「はじまります」。

23

解答	2
題目翻譯	我班上的（老師）才二十四歲。
選項翻譯	1 學生　2 老師　3 朋友　4 小孩
解說	題目句描述班上的（）才二十四歲，由「クラス」、「まだ」可以對應到答案的「せんせい」。另外，選項1的「せいと」中文可以翻譯成「學生」，但主要用在國、高中生，所以如果空格填入「せいと」的話，和後面的「まだ（才）」語意不合，因此不能選。

24

解答	4
題目翻譯	時間只剩下（十分鐘）了。
選項翻譯	1 十本　2 十次　3 十個　4 十分鐘
解說	題目句描述時間只剩下（）了，由「じかん」可以對應到答案的「10分」。句型「しか＋否定」是「只、僅僅」的意思。

25

解答	1
題目翻譯	鳥兒正以優美的歌聲（啼鳴）。
選項翻譯	1 啼鳴　2 停靠　3 進入　4 休息
解說	日語中，表示「（鳥、獸、蟲等）啼、鳴叫」動詞用「なく」。從「とり」、「こえ」二字，推出答案是「ないて」。句型「動詞＋ています」可以表示動作進行中。

26

解答	3
題目翻譯	強勁的風呼呼地（吹）著。
選項翻譯	1 下來　2 降　3 吹　4 感染
解說	「かぜがふく」是「刮風、吹風」的意思。因此，由前項「かぜ」可以對應到答案的「ふいて」。句型「動詞＋ています」可以表示結果或狀態的持續。

27

解答	1
題目翻譯	盒子裡裝有（五支）鉛筆。
選項翻譯	1 五支　2 六支　3 七支　4 八支
解說	題目問的是量詞。在日語中，表示「えんぴつ」等細長物的數量時，通常用「～ほん」。插圖中，盒子裡的鉛筆有五支，因此答案是「ごほん」。

28

解答	2
題目翻譯	因為變得非常寒冷，所以穿上了（厚）大衣。
選項翻譯	1 安靜的　2 厚的　3 涼爽的　4 輕的
解說	「～ので」表示理由。從前項「とてもさむくなった」知道變得非常寒冷，因此推出後項是穿上了「あつい」大衣。

29

解答 4

題目翻譯 小綠小姐的阿姨是那一位。

選項翻譯
1 小綠小姐的媽媽的媽媽是那一位。 2 小綠小姐的爸爸的爸爸是那一位。
3 小綠小姐的媽媽的弟弟是那一位。 4 小綠小姐的媽媽的妹妹是那一位。

解說 這一題的「おばさん」是解題關鍵，可以對應到答案句的「おかあさんのいもうと」。請小心別把「おばさん」看成「おばあさん（奶奶；外婆）」囉。

30

解答 3

題目翻譯 請問你為什麼想去看那部電影呢？

選項翻譯
1 請問你想去看什麼樣的電影呢？ 2 請問你想和誰去看那部電影呢？
3 請問你為何想去看那部電影呢？ 4 請問你想在什麼時候去看那部電影呢？

解說 「どうして」與「なぜ」是同義詞，但後者較常使用在書面，口語上也可以使用，但語氣會有比使用「どうして」更加強硬的感覺。

31

解答 4

題目翻譯 因為大學不在附近，所以沒辦法走路到達。

選項翻譯
1 因為大學很近，所以走路過去。 2 因為大學很遠，所以走路過去。
3 大學雖然很遠，但是走路也能到。 4 因為大學很遠，所以沒辦法走路到達。

解說 這一題的解題關鍵字是「ちかくない」，意思等於「とおい」。

32

解答 2

題目翻譯 楊小姐向川田先生學習了日文。

選項翻譯
1 楊小姐和川田先生教了我日文。 2 川田先生教了楊小姐日文。
3 川田先生向楊小姐說了日文。 4 楊小姐向川田先生說了日文。

解說 日語中，表示「向（某人）學習（某事）」，用「～に～をならう」；表示「教導（某人某事）」，用「～に～をおしえる」。題目句的「ヤンさんはかわださんににほんごをならいました」，換句話說就是「かわださんはヤンさんににほんごをおしえました」。

文法 1 2 3 4 5 6 CHECK 1 2 3

33

解答 3

題目翻譯 請問您雙親住在哪裡呢？

選項翻譯
1　請問您兄弟姊妹住在哪裡呢？
2　請問您祖父和祖母住在哪裡呢？
3　請問您父親和母親住在哪裡呢？
4　請問您家人住在哪裡呢？

解　說 這一題的解題關鍵字是「りょうしん」，可以對應到答案句的「おとうさんとおかあさん」。

第6回（だいかい） 言語知識（文法）（げんごちしき　ぶんぽう） 問題1（もんだい） P189-190

1

解答 4

題目翻譯 A「你現在是（幾歲）呢？」
B「十七歲。」

解　說 「いくつ」通常表示某事物數量的疑問詞，也可以用在詢問人的年齡，是「多少」的意思。由B句的「17さい」，可以對應到答案。

2

解答 3

題目翻譯 走路去太遠了，（所以）我們還是搭計程車去吧！

解　說 「～ので」表示理由。由前項「とおい」與後項「タクシーで行きましょう」的關係，可以解出答案。

3

解答 3

題目翻譯 桌上擺著書（和）辭典等等。

解　說 用句型「～や～など」，表示舉出幾項，但並未全部說完，中文可以翻譯成「…和…等等」。「など」用來強調這些尚未說完的部分，常跟「や」一起使用。由後面的「など」，可以對應到答案。

4

解答 1

題目翻譯 他要去外國這件事，誰都（不曉得）。

解　說 用句型「疑問詞＋も＋否定」，表示全面否定，中文可以翻譯成「都（不）…」。由前面「だれも」，可以解出答案。

5

解　答	1
題目翻譯	**因為自行車壞掉了，所以買了新（的）。**
解　說	「かいました」是他動詞，前面的目的語必須搭配「を」。又，這邊的「の」是準體助詞，代替的是前項的「自転車」。

6

解　答	4
題目翻譯	**（比起）這只花瓶，那只花瓶比較好。**
解　說	用句型「～より～ほう」，表示對兩件事物進行比較後，選擇後者。由後項的「ほうがいい」，可以解出答案。

7

解　答	1
題目翻譯	**先打掃完房間（之後）再出門。**
解　說	以「動詞て形＋から」的形式，結合兩個句子，表示動作順序，強調先做前項再進行後項。由前項「そうじをして」與後項「出かけます」的關係，可以解出答案。

8

解　答	3
題目翻譯	**弟弟今天（由於）感冒而在睡覺。**
解　說	格助詞「で」可以表示原因、理由。又，如果空格填入「を」或「へ」，意思不合邏輯，而「～ので」前接名詞時，必須用「名詞＋なので」的形式，所以答案是3。

9

解　答	2
題目翻譯	**我現在正要出門買東西。**
解　說	表示「かいもの」是後項「行きます」這個動作的目的，用格助詞「に」。

10

解　答	4
題目翻譯	**我想要住在更（安靜而且）寬敞的房間。**
解　說	當連接形容動詞與形容詞時，必須將前面的形容動詞詞尾「だ」改成「で」。因此，連接「しずか」、「ひろい」後，就是「しずかでひろい」，表示屬性的並列。

11

解　答	1
題目翻譯	**在慶生會上（又）吃又喝地享用了美食。**
解　說	用句型「動詞たり、動詞たりします」，可以表示動作並列，意指從幾個動作之中，例舉出兩、三個有代表性的，並暗示還有其他的，中文可以翻譯成「又是…，又是…」。由後面「のんだり」，可以對應到答案。

12

解　答　2

題目翻譯　**「星期天去了哪裡嗎？」**

「沒有，（哪裡都）沒去。」

解　說　從A的「どこかへ」知道話題是場所，可以先排除選項4。用句型「疑問詞＋も＋否定」，表示全面否定，是「都（沒）…」的意思，由「行きませんでした」，可以排除選項1。又，「疑問詞＋か」表示不明確、不肯定，但B的回答是斷定的，所以排除選項3後，可以解出答案。其中，「どこへも」的「へ」表示行為的目的地。

13

解　答　4

題目翻譯　**A「你的眼睛是紅的哦。昨天晚上是幾點睡的呢？」**

B「昨天晚上（沒有睡），一直在讀書。」

解　說　以「動詞否定形＋ないで」的形式，表示附帶的狀況，亦即同一個動作主體「在不…的狀態下，做…」的意思。由A句的「赤い目をしていますね」，可以對應到答案。

14

解　答　1

題目翻譯　**A「請問（什麼時候）要去旅行呢？」**

B「明年三月。」

解　說　「いつ」可以用在詢問時間，是「何時」的意思。由B句的「来年の３月」，可以對應到答案。

15

解　答　3

題目翻譯　**在電視（上）收看新聞。**

解　說　格助詞「で」可以表示動作的方法、手段。由「テレビ」與「ニュース」的關係，可以解出答案。

16

解　答　4

題目翻譯　**桌上擺有筷子。**

解　說　用「他動詞＋てあります」，表示抱著某個目的、有意圖地去執行，當動作結束之後，已完成動作的結果持續到現在。由「ならべる」是他動詞，可以對應到答案。其中，「おはしがならべてあります」暗指有人抱著某目的去做了「擺筷子」的動作。

17

解答 3

正確語順 A「これは、なんと　いう　鳥（とり）ですか。」

題目翻譯 A「這叫作什麼鳥呢？」

B「這叫孔雀。」

解說 用句型「という＋名詞」，表示說明後項人事物的名稱。排列組合後得出「鳥というなん」及「なんという鳥」，但後者句意才符合邏輯，因此知道★處是3。

18

解答 4

正確語順 B「しらないので、交番（こうばん）で　おまわりさんに　聞（き）いて　くださいませんか。」

題目翻譯 A「請問車站在哪裡呢？」

B「我不曉得，可以請你去派出所問警察嗎？」

解說 由句型「～てくださいませんか」，可以推出「ください」、「聞いて」正確順序是「聞いてください」，因此★處是4。這個句型跟「～てください」一樣表示請求，但說法更有禮貌。又，表示後項「聞いて」這個動作的對象，用格助詞「に」。

19

解答 2

正確語順 B「いいえ、3分（ぷん）ぐらい　おくれて　います。」

題目翻譯 A「請問這個時鐘顯示的時間是正確的嗎？」

B「不是的，大概慢了三分鐘。」

解說 句型「動詞＋ています」，可以表示結果或狀態的持續，所以本題表示「おくれて」這個狀態仍持續到說話的當時。又，「ぐらい／くらい」接於時間後面，表示對某段時間長度的推測、估計，是「大概」的意思。因此，推出空格正確語順是「3分ぐらいおくれています」，知道★處是2。

20

解答 3

正確語順 B「春（はる）より　秋（あき）の　ほうが　すきです。」

題目翻譯 A「春天和秋天，你比較喜歡哪個呢？」

B「比起春天，我更喜歡秋天。」

解說 用句型「～より～ほう」，表示對兩件事物進行比較後，選擇後者。而本題的兩件事物，便是指「春」及「秋」。因此，推出第一到第三格的正確語順是「より秋のほう」，知道★處是3。

文法 1 2 3 4 5 6 CHECK 1 2 3

21

解答	1
正確語順	店(みせ)の人(ひと)「これは　日本(にほん)には　ない　くだものです。」
題目翻譯	（在水果店裡） 女士「請問有沒有很少見的水果呢？」 店員「這是日本沒有的水果。」
解說	格助詞「に」後接「は」，有特別提出格助詞前項名詞的作用。因此，可以推出「に」、「は」、「日本」正確順序是「日本には」。又，就上下句語意來看，「ない」會接在「日本には」後面，表示「日本沒有的」。最後，可以推出★處是「に」。

第(だい)6回(かい)　言語知識(げんごちしき)（文法(ぶんぽう)）　問題(もんだい)3　P193

文章翻譯

在日本留學的學生以〈曾經令我害怕的事〉為題名寫了一篇文章，並且在班上同學的面前誦讀給大家聽。

六歲的時候，我向爸爸學了騎腳踏車的方法。我坐在小自行車的座椅上，爸爸抓著自行車的後方，推著自行車一起奔跑。我們就這樣練習了很多很多次。

就在我騎得稍微好一點的時候，我一面踩著自行車，一面回頭看，看到爸爸在我沒察覺的時候已經將手放開了。當我發現這一點的時候，非常地害怕。

22

解答	4
選項翻譯	1　教了　　2　做了　　3　習慣了　　4　學了
解說	可以接在「乗り方を」後面使用的是選項1或4。由整句的意思來看，就能鎖定是選項4了。

23

解答	1
解說	由「いっしょに」和前面「自転車」的關係來考慮，可以知道空格應該要填入「と」。

24

解答	3
解說	由於是在「なった」的前面，因此會用「形容動詞に＋なります」的句型。

25

解答 2

解說 由於從文章中可以判斷「自転車で走る」和「うしろを向く」是同時進行的動作，因此選擇「動詞ながら」。「向く」的難度超出 N5 等級，或許還不懂這個單詞的意思，但只要看到接在後面的「父は～いました」，應該就能夠推測出來是「往…的方向看」的意思了吧。

26

解答 3

解說 能夠接在「です」前面的只有選項 1 或 3 而已。由於整篇文章從頭到尾幾乎都是以「た形」來書寫的，從題目的「こわかったこと」來推想，應該就可以找到答案了吧。

第6回（だいかい） 読解（どっかい） 問題4（もんだい） P194-196

27

解答 3

文章翻譯 (1)

我有一個姊姊。姊姊和我都很胖，但是姊姊長得高，我長得矮。我們在同一所大學裡就讀，姊姊主修英文，我主修日文。

題目翻譯 **請問以下何者為非？**

選項翻譯

1 **兩人都胖。**

2 **上同一所大學。**

3 **姊姊在大學裡主修日文。**

4 **姊姊長得高，但我長得矮。**

解說 從第一回到第五回的第 27 題，只要看和題目相關的部分，就可以找出答案了，但這一題必須逐一辨識出每一個選項的對錯才行，因此必須把整篇文章從頭到尾看過一遍。由於是最後一回了，因此題目的難度提高了一點。首先，在文章裡有提到「姉もわたしもふとっています」，因此選項 1 是正確的。其次，文章裡也提到了「わたしたちは同じ大学で」，所以選項 2 也是正確的。接下來，因為文章中寫的是「姉は英語を、わたしは日本語をべんきょうしています」，因此選項 3 是錯的。最後，文章中寫著「姉は背が高くて、わたしは低いです」，所以選項 4 是對的。必須留意的是，題目問的是「まちがっているのはどれですか」，因此必須挑選項 3 才行。

讀解

1

2

3

4

5

6

CHECK 1 2 3

28

解答 4

文章翻譯 (2)

五歲的小祐和媽媽一起去超級市場買東西了。但是在媽媽買東西的時候，小祐走丟了。小祐穿著短褲、有口袋的白色襯衫，還戴著帽子。

題目翻譯 請問哪一位是小祐呢？

解說 這一題必須使用刪除法。由於文章提到「みじかいズボンをはいて」，因此選項1和2被剔除了。又，文章裡寫著「ポケットがついた白いシャツをきて」，因此答案是選項4。為求慎重起見，由最後面提到的「ぼうしをかぶっています」，可以肯定是選項4無誤。此外，一般來說「～くん」不會用在女性身上。

29

解答 3

文章翻譯 (3)

姊姊在大學裡主修英文，妹妹真矢小姐寄了一封如下的電子郵件給她。

姊姊

我朋友花田同學正在找人教她弟弟英文。姊姊可以教他嗎？

花田同學正在等候聯絡，請在今天之內打電話給花田同學。

真矢

題目翻譯 姊姊有意願教花田同學的弟弟英文。請問她該怎麼做呢？

選項翻譯
1 寄電子郵件給花田同學。
2 打電話給妹妹真矢。
3 打電話給花田同學。
4 打電話給花田同學的弟弟。

解說 請先注意短文中出現的句型「動詞てください」，用來指示別人做某件事情，以及句型「動詞てくださいませんか」，用在委託別人做某件事情時，而在電子郵件的最後寫著「花田さんに電話をしてください」，因此答案是選項3。

第6回（だいかい） 讀解（どっかい） 問題5（もんだい） P197

文章翻譯

我的朋友亞里小姐三月從東京的大學畢業，到大阪的公司工作。

亞里小姐這位朋友在我三年前剛來日本的時候，教了我很多事情，我們一直住在同一棟公寓裡。亞里小姐很快就要離開了，我非常捨不得。

由於亞里小姐說過「我對大阪不太熟悉，所以正煩惱著。」因此我到附近的書店買了大阪的地圖，送給了亞里小姐。

30

解　答 3

題目翻譯 請問這位朋友和「我」有什麼樣關係呢？

選項翻譯
1　在大阪的同一家公司工作的人
2　在同一所大學裡一起念書的人
3　教了我關於日本事情的人
4　在東京的書店裡工作的人

解　說 整篇文章寫的是關於「わたしの友だちのアリさん」，而題目問的是她是「どんな人」，因此不能只挑出重點段落找答案，而必須將每一個選項逐一與文章內容做對照才行。正確答案是選項3，這第二段裡「アリさんは～友だち」的部分幾乎是相同的意思。至於選項1，從第一段可以知道，亞里小姐還沒去大阪，也還沒有到公司上班。此外，從這裡也無法確定「わたし」是否曾經在大阪的公司裡工作，因此這個選項是錯的。還有，從這篇文章裡也看不出來「わたし」是否讀過大學，所以選項2也是錯的。由第一段可以知道，「友だち」現在在東京讀大學，因此選項4也是錯的。

31

解　答 2

題目翻譯 「我」送了什麼東西給亞里小姐呢？

選項翻譯
1　送了書。
2　送了大阪的地圖。
3　送了日本的地圖。
4　送了東京的地圖。

解　說 在最後一段裡提到，「わたしは～大阪の地図を買って、それをアリさんにプレゼントしました」。

《每朝報》舊報紙回收通知

請於三十一日早上九點之前
拿出來回收。

可換回廁用衛生紙。

（舊報紙每十至十五公斤，交換廁用衛生紙一捲。）

●請於本通知單上填寫房間號碼，再放在舊報紙的最上面。

●公寓住戶，請擺到一樓的大門處。

【房間號碼】

32

解　答　2

題目翻譯

*派報社投遞了一張*舊報紙回收通知單到中山小姐的房間。中山小姐打算在三十一日的早晨把舊報紙拿出去回收。中山小姐的房間位於公寓的二樓。

請問正確的回收方式是下列何者？

＊派報社：販賣報紙或是分送報紙到家戶的商店。

＊舊報紙回收：收集舊報紙。可以拿舊報紙換回廁用衛生紙等。

選項翻譯

1　擺到自己房門前的走廊上。

2　擺到一樓的大門口。

3　擺到一樓樓梯下面。

4　擺到自己房門裡面。

解　說

回收通知單裡提到「１階の入り口まで出してください」，因此選項２是正確答案。把通知單上的「入り口まで」，和選項２裡的「入り口に」拿來做比較，前者的重點在於物件運搬的終點，而後者單純只是表明地點，雖然語意上有些微的不同，但就結果而言，沒有太大的差異。

第6回　聴解　問題1　P200-204

1

解　答　1

聽解內文

デパートで、男の人と店の人が話しています。男の人はどのネクタイを買いますか。

M：青いシャツにしめるネクタイを探しているんですが……。

F：何色が好きですか。

M：ここにあるのは、どれもいい色ですね。

F：何の絵のがいいですか。

M：ガラスのケースの中の、鍵の絵のはおもしろいですね。青いシャツにも合うでしょうか。

F：大丈夫ですよ。

男の人はどのネクタイを買いますか。

聽解翻譯

男士正在百貨公司裡和店員交談。請問這位男士要買的是哪一條領帶呢？

M：我正在找適合搭配藍色襯衫的領帶……。

F：您喜歡什麼顏色呢？

M：陳列在這裡的每一條都是不錯的顏色耶！

F：什麼圖案的比較喜歡呢？

M：擺在玻璃櫥裡那條鑰匙圖案的蠻有意思的。不曉得適不適合搭在藍色襯衫上呢？

F：很適合喔！

請問這位男士要買的是哪一條領帶呢？

解　說

針對男士的喜好，首先，顏色方面他說「どれもいい色」。接著，因為提到「鍵の絵のはおもしろい」，所以考慮的是選項1。男士唯一擔心的是那條領帶是否「青いシャツにも合う」，後來因為店員保證「大丈夫ですよ」，所以要買的是1。

2

解答 3

聽解內文

男の人と女の人が話しています。男の人ははじめにどこへ行きますか。

M:これから銀行に行くんですが、この手紙、家の前のポストに入れましょうか。

F:いえ、それは、まだ切手を貼っていないので、あとでわたしが郵便局に行って出しますよ。

M:それじゃ、銀行に行く前にぼくが郵便局に行きますよ。

F:そう。では、そうしてください。

M:わかりました。銀行に行ってお金を預けたら、すぐ帰ります。

男の人ははじめにどこへ行きますか。

聽解翻譯

男士和女士正在交談。請問這位男士會先去哪裡呢？

M：我現在要去銀行，這封信要不要幫妳投進我們家前面的郵筒裡呢？

F：不用。那封信還沒有貼郵票，我等一下再去郵局寄就好囉！

M：那麼，我去銀行之前，先去郵局一趟吧！

F：是哦？那麼麻煩你了。

M：好的。我去銀行存款之後馬上回來。

請問這位男士會先去哪裡呢？

選項翻譯

1　銀行　　2　住家前面的郵筒

3　郵局　　4　銀行前面的郵筒

解說

如果問題裡面出現了「はじめに」、「まず」等字眼，那麼之後詢問要去的地方、要做的事等，一定不只一件。這題就在考從對話中提到的地方中，選出第一個要去的地方。因為男士說「これから銀行に行くんです」，所以要注意聽去銀行之前有沒有其他要先去的地方。因為男士提到「銀行に行く前にぼくが郵便局に行きますよ」，女士也提出「では、そうしてください」的請求，所以最先去的地方是郵局。

3

解答 2

聽解內文

お母さんが子どもたちに話しています。まり子は何をしますか。

F1：今日はおじいさんの誕生日ですから、料理をたくさん作りますよ。はな子はテーブルにお皿を並べて、さち子は冷蔵庫からお酒を出してください。

F2：わたしは？

F1：まり子は、テーブルに花をかざってください。

まり子は何をしますか。

聽解翻譯　媽媽正對著女兒們說話。請問真理子該做什麼呢？

F1：今天是爺爺的生日，要做很多菜喔！花子幫忙在桌上擺盤子，幸子幫忙把酒從冰箱裡拿出來。

F2：我呢？

F1：真理子幫忙把花放到桌上做裝飾。

請問真理子該做什麼呢？

解　說　內容提到「まり子は、テーブルに花をかざってください」，所以正確解答是２。

4

解　答　4

聽解內文　女の人と男の人が話しています。男の人は、何で病院に行きますか。

F：顔色が青いですよ。

M：電車の中でおなかが痛くなったんです。

F：すぐ、近くの病院へ行った方がいいですね。

M：でも、病院まで歩きたくありません。

F：自転車は？

M：いえ、すみませんが、タクシーをよんでくださいませんか。

男の人は、何で病院に行きますか。

聽解翻譯　女士和男士正在交談。請問這位男士為什麼要去醫院呢？

F：您的臉色發青耶！

M：在電車裡忽然肚子痛了起來。

F：馬上去附近的醫院比較好喔！

M：可是，我不想走路去醫院。

F：騎自行車可以嗎？

M：不行。不好意思，可以麻煩妳幫我叫一輛計程車嗎？

請問這位男士為什麼要去醫院呢？

選項翻譯　1　電車　2　步行　3　自行車　4　計程車

解　說　男士稍早在電車裡開始覺得身體不舒服，所以電車並不是他之後打算要選的交通工具。又，男士不想走路，女士提議騎自行車也被他用「いえ」否決掉。因為最後男士提出「タクシーをよんでくださいませんか」的請求，所以是搭計程車前往。另外，日語的「顔色」跟中文「顏色」意思不同，是表示「臉色」的意思。這個單字對N5來說有點難，現在不記也沒關係。

5

解　答　2

聽解內文

会社で、女の人と男の人が話しています。男の人は今から何をしますか。

F：佐藤さん、ちょっといいですか。

M：何でしょう。今、仕事で使う本を読んでいるんですが。

F：ちょっと買い物を頼みたいんです。

M：２時にお客さんが来ますよ。

F：その、お客さんに出すものですよ。

M：わかりました。何を買いましょうか。

F：何か果物をお願いします。私はお茶の用意をします。

男の人は今から何をしますか。

聽解翻譯

女士和男士正在公司裡交談。請問這位男士接下來要做什麼呢？

F：佐藤先生，可以打擾一下嗎？

M：什麼事？我現在正在看工作上要用到的書。

F：我想請你幫忙去買點東西。

M：兩點有客戶要來喔！

F：就是要招待那位客戶的東西呀！

M：我知道了。要買什麼呢？

F：麻煩你去買點水果。我來準備茶水。

請問這位男士接下來要做什麼呢？

選項翻譯

1　看書　　2　去買東西　　3　等客戶　　4　準備茶水

解　說

男士一直都在看書。不過，他答應要去買別人拜託他買的東西，所以「今から」要做的事情是去買東西。買來的物品是水果。

6

解　答　3

聽解內文

女の人と店の男の人が話しています。店の男の人はどの時計をとりますか。

F：時計を買いたいのですが。

M：壁にかける大きな時計ですか。机の上などに置く時計ですか。

F：いえ、腕にはめる腕時計です。目が悪いので、数字が大きくてはっきりしているのがいいです。

M：わかりました。ちょうどいいのがありますよ。

店の男の人はどの時計をとりますか。

聽解翻譯　女士和男店員正在交談。請問這位男店員會把哪一只鐘錶拿出來呢？

F：我想買鍾錶。

M：是掛在牆上的大時鐘嗎？還是擺在桌上的時鐘呢？

F：不是，是戴在手上的手錶。我視力不佳，想要買數字大、看得清楚的。

M：好的。剛好有符合您需求的手錶。

請問這位男店員會把哪一只鐘錶拿出來呢？

解　說　請用刪除法找出正確答案。不管是「壁にかける大きな時計」或是「机の上などに置く時計」的選項，都用「いえ」否定掉了，所以選項1、2不對。女士想要的是手錶。手錶有3、4這兩個選項，但是因為提到「数字が大きくてはっきりしているのがいい」，所以符合需求的是3。或許會不知道「腕」是什麼，不過若能聽懂其他部分，就能導出答案。

7

解　答　4

聽解內文　女の人と男の人が話しています。男の人は、何で名前を書きますか。

F：ここに名前を書いてください。

M：はい。鉛筆でいいですね。

F：いえ、鉛筆はよくないです。

M：どうしてですか。

F：鉛筆の字は消えるので、ボールペンか、万年筆で書いてください。色は、黒か青です。

M：わかりました。万年筆は持っていないので、これでいいですね。

F：はい、青のボールペンなら大丈夫です。

男の人は、何で名前を書きますか。

聽解翻譯　女士和男士正在交談。請問這位男士會用哪種筆寫名字呢？

F：請在這裡寫上大名。

M：好，可以用鉛筆寫嗎？

F：不，用鉛筆不妥當。

M：為什麼呢？

F：因為鉛筆的字跡可以被擦掉，請用原子筆或鋼筆書寫。墨水的顏色要是黑色或藍色的。

M：我知道了。我沒有鋼筆，用這個可以嗎？

F：可以的，藍色的原子筆沒有問題。

請問這位男士會用哪種筆寫名字呢？

選項翻譯　1　黑色的鉛筆　2　藍色的鋼筆　3　黑色的原子筆　4　藍色的原子筆

解　說　可以用的是「ボールペンか、万年筆」，顏色要是「黒か青」。然後，男士決定要用「これ」來寫。對話倒數第二句的「これ」指的是「青のボールペン」。

第6回 聴解 問題2 P205-208

1

解　答　3

聴解內文

男の人が、外国から来た友だちに話をしています。たたみのへやに入るときは、どうしますか。

M：家に入るときは、げんかんでくつをぬいでください。

F：くつをぬいで、スリッパをはくのですね。

M：そうです。あ、ここでは、スリッパもぬいでください。

F：えっ、スリッパもぬぐのですか。どうしてですか。

M：たたみのへやでは、スリッパははかないのです。あ、くつしたはそのままでいいですよ。

たたみのへやに入るときは、どうしますか。

聴解翻譯

男士正對著從國外來的朋友說話。請問進入鋪有榻榻米的房間時該怎麼做呢？

M：進去家裡的時候，請在玄關處把鞋子脫下來。

F：要脫掉鞋子，換上拖鞋對吧？

M：對。啊，到這裡請把拖鞋也脫掉。

F：什麼？連拖鞋也要脫掉嗎？為什麼呢？

M：在鋪有榻榻米的房間裡是不能穿拖鞋的。啊，襪子不用脫沒有關係。

請問進入鋪有榻榻米的房間時該怎麼做呢？

選項翻譯

1　要穿鞋子　　2　要穿拖鞋　　3　要將拖鞋脫掉　　4　要將襪子脫掉

解　說

男士說在玄關要先脫鞋，接著要穿拖鞋，但是進到塌塌米房間時，穿著的那雙拖鞋也要脫掉。不過襪子「そのままでいい」，也就是說，襪子穿著不用脫。

2

解　答　2

聴解內文

女の留学生と、男の先生が話しています。女の留学生は、なんという言葉の読み方がわかりませんでしたか。

F：先生、この言葉の読み方がわかりません。教えてください。

M：この言葉ですか。「さいふ」ですよ。

F：それは何ですか。

M：お金を入れる入れ物のことですよ。

F：ああ、そうですか。ありがとうございました。

女の留学生は、なんという言葉の読み方がわかりませんでしたか。

聽解翻譯　女留學生和男老師正在交談。請問這位女留學生不知道什麼詞語的讀法呢？

F：老師，我不知道這個詞該怎麼念，請教我。

M：這個詞嗎？是「錢包」喔！

F：那是什麼呢？

M：就是指裝錢的東西呀！

F：喔喔，原來是那個呀！謝謝您！

請問這位女留學生不知道什麼詞語的讀法呢？

選項翻譯　1　老師　　2　錢包　　3　錢　　4　容器

解　說　男老師回答了「『さいふ』ですよ」，所以正確答案是2。另外，「入れ物」這個單字對N5來說有點難，現在不記也沒關係。

3

解　答　2

聽解內文　パーティーで、女の人と男の人が話しています。男の人は、初めに何をしたいですか。

F：冷たい飲み物はいかがですか。

M：今は飲み物はいりません。灰皿を貸してくださいませんか。

F：たばこは外で吸ってください。こちらです。

M：ああ、ありがとう。きれいな庭ですね。たばこを吸ってから、中でおすしをいただきます。

男の人は、初めに何をしたいですか。

聽解翻譯　女士和男士正在派對上交談。請問這位男士想先做什麼呢？

F：您要不要喝點什麼冷飲呢？

M：我現在不需要飲料。可以借我一個菸灰缸嗎？

F：請到戶外抽菸，往這裡走。

M：喔喔，謝謝。這院子好漂亮呀！我先抽完菸，再進去裡面享用壽司。

請問這位男士想先做什麼呢？

選項翻譯　1　想喝飲料　　2　想抽菸　　3　想看院子　　4　想吃壽司

解　說　因為提到「たばこを吸ってから、中でおすしをいただきます」，所以最先想做的事情是抽菸。

4

解　答	4

聽解內文

会社で、男の人と女の人が話しています。会社に来たのは、どの人ですか。

M：増田さんがいないとき、井上さんという人が来ましたよ。

F：男の人でしたか。

M：いいえ、女の人でした。仕事で来たのではなくて、増田さんのお友だちだと言っていましたよ。

F：井上という女の友だちは、二人います。どちらでしょう。眼鏡をかけていましたか。

M：いいえ、眼鏡はかけていませんでした。背が高い人でしたよ。

会社に来たのは、どの人ですか。

聽解翻譯

男士和女士正在公司裡交談。請問來過公司的是什麼樣的人呢？

M：增田小姐不在的時候，有位姓井上的人來過喔！

F：是先生嗎？

M：不是，是一位小姐。她不是來洽公的，說自己是增田小姐的朋友喔！

F：姓井上的女性朋友，我有兩個，不知道是哪一個呢？有沒有戴眼鏡？

M：不，沒有戴眼鏡。身高很高喔！

請問來過公司的是什麼樣的人呢？

解　說

請用刪除法找出正確答案。因為是女生，所以選項 1 和 3 可以刪除。其次的條件是沒有戴眼鏡，身高高的人，所以答案是 4 。

5

解　答	3

聽解內文

男の人と女の人が話しています。女の人の赤ちゃんは、いつうまれましたか。

M：あなたは 3 年前に東京に来ましたね。いつ結婚しましたか。

F：今から 2 年前です。去年の秋に子どもが生まれました。

M：男の子ですか。

F：いいえ、女の子です。

M：3 人家族ですね。

F：ええ。でも、今年の春から犬も私たちの家族になりました。

女の人の赤ちゃんは、いつうまれましたか。

聽解翻譯

男士和女士正在交談。請問這位女士的寶寶是什麼時候出生的呢？

M：妳是三年前來到東京的吧？什麼時候結婚的呢？

F：兩年前。去年秋天生小孩了。

M：是男孩嗎？

F：不是，是女孩。

M：現在變成一家三口囉！

F：是呀。不過，從今年春天家庭成員又多了一隻小狗。

請問這位女士的寶寶是什麼時候出生的呢？

選項翻譯 1 三年前 2 兩年前 3 去年秋天 4 今年春天

解　說 明確提到了「去年の秋に子どもが生まれました」這個解答。

6

解　答 3

聽解內文 男の人と女の人が話しています。二人はどうして有名なレストランで晩ご飯を食べませんか。

M：あのきれいな店で晩ご飯を食べましょう。

F：あの店は有名なレストランです。お金がたくさんかかりますよ。

M：大丈夫ですよ。お金はたくさん持っています。

F：でも、違うお店に行きましょう。

M：どうしてですか。

F：ネクタイをしめていない人は、あの店に入ることができないのです。

M：そうですか。では、駅の近くの食堂に行きましょう。

二人はどうして有名なレストランで晩ご飯を食べませんか。

聽解翻譯 男士和女士正在交談。他們兩人為什麼不在知名的餐廳吃晚餐呢？

M：我們去那家很漂亮的餐廳吃晚餐吧！

F：那家店是很有名的餐廳，一定要花很多錢吧？

M：別擔心啦，我帶了很多錢來。

F：可是我們還是去別家餐廳吧！

M：為什麼？

F：因為沒繫領帶的客人不能進去那家餐廳吃飯。

M：這樣喔。那麼，我們到車站附近的餐館吧！

他們兩人為什麼不在知名的餐廳吃晚餐呢？

選項翻譯

1 因為不好吃

2 因為很貴

3 因為男士沒有繫領帶

4 因為車站附近的餐館比較好吃

解　說 在女士說了「違うお店に行きましょう」後，男士詢問了理由，女士則回答「ネクタイをしめていない人は、あの店に入ることができないのです」，男士接著說「では、駅の近くの食堂に行きましょう」。由男士的回應可以知道他理解女士的考量，也可推出男士現在沒有繫領帶。

1

解答 1

聽解內文
人の話がよくわかりませんでした。何と言いますか。
F：1. もう一度話してください。
2. もしもし。
3. よくわかりました。

聽解翻譯
聽不太清楚對方的話。這時該說什麼呢？
F：1. 請再說一次。
2. 喂？
3. 我完全明白了。

解 說
以請對方把剛才的話再說一次的選項1最為適切。

其他選項
2 「もしもし」最普遍的用法是在打電話接通後最先說的發語詞，但其根本的作用是在引起對方的注意，因此在面對面說話時也會使用到。例如，在路上對不認識的人說「もしもし、ハンカチ落としましたよ（這位先生／小姐，你的手帕掉了喔）」。但是，像本題這樣，對於已經注意到自己正在說話的人，就算再說一次「もしもし」，也無法讓對方了解到我方「聽不太懂你的意思，但是我想知道你在說什麼，所以請你重新講一遍」的用意。
3 這個回答與聽不清楚的前提相互矛盾。

2

解答 2

聽解內文
おいしい料理を食べました。何と言いますか。
M：1. よくできましたね。
2. とてもおいしかったです。
3. ごちそうしました。

聽解翻譯
吃了很美味的飯菜。這時該說什麼呢？
M：1. 做得真好啊！
2. 非常好吃！
3. 吃飽了。

解 說
因為已經用餐完畢了，原本以為順理成章回答的是「ごちそうさまでした（我吃飽了）」，但是本題找不到這個選項。於是這時應該注意到題目的設定是，剛才享用的是「おいしい料理」，因此以陳述對料理味道感想的選項2最為適切。

其他選項
1 這句話適用的情況是比方只有十五分鐘可以用來做飯，或是冰箱裡沒有太多食材，結果卻做出了美味的料理，這時候就可以用「よくできましたね」予以讚美。
3 請留意這個選項並不是「ごちそうさまでした」，請千萬別沒看清楚就誤選了。況且也幾乎很難想像會在什麼樣的情況下使用這句話。

3

解答 3

聽解內文 バスに乗ります。バスの会社の人に何と聞きますか。

M：1. このバスですか。

2. 山下駅はどこですか。

3. このバスは、山下駅に行きますか。

聽解翻譯 **準備要搭巴士。這時該向巴士公司的員工問什麼呢？**

M：1．是這輛巴士嗎？

2．請問山下站在哪裡呢？

3．請問這輛巴士會經過山下站嗎？

解說 在搭巴士前想先問清楚的事有好幾種，但此處只有選項３明確描述了想問的事，因此是正確答案。

其他選項

1 單是這句話，對方不知道你想問什麼，前面應該再補一句話，那就說得通了。例如，「山下駅行きは、このバスですか（請問開往山下車站的是這輛巴士嗎）」。

2 山下車站在哪裡，和搭巴士這件事本身沒有直接的關係。

4

解答 2

聽解內文 客に肉の焼き方を聞きます。何と言いますか。

M：1. よく焼いたほうがおいしいですか。

2. 焼き方はどれくらいがいいですか。

3. 何の肉が好きですか。

聽解翻譯 **顧客詢問烤肉的方式。這時該說什麼呢？**

M：1．烤熟一點比較好吃喔！

2．請問要烤到幾分熟比較好呢？

3．請問您喜歡哪種肉呢？

解說 以詢問肉的「焼き方」的選項２最為適切。

其他選項

1 服務生不應該會詢問顧客這句話，換成是顧客問的，那就有可能。

3 假如是對還沒有決定餐點的顧客提供建議，那麼這句話算是合理，但是這麼一來，並沒問到「肉の焼き方」。

5

解答 1

聽解內文 部屋にいる人たちがうるさいです。何と言いますか。

M：1. 少し、静かにしてください。

2. 少し、うるさくしてくださいませんか。

3. 少してつだってください。

聽解

聽解翻譯	現在在房間裡的人們非常吵。這時該說什麼呢？ M：1．請稍微安靜一點。 2．能不能請你們稍微吵一點呢？ 3．請幫我一下。
解　說	訓斥房間裡的其他人太吵了的，只有選項1而已。
其他選項	2　「うるさい」不單指音量大，還具有嫌惡的語意。因此，不論現在吵或不吵，請對方再吵一點這句話本身不合常理。 3　「うるさい」和「手伝う」二者沒有關係。

第6回（だいかい）　聽解（ちょうかい）　問題4（もんだい）　P213

1

解　答	2
聽解內文	F：あなたは今（いま）いくつですか。 M：1．5人家族（にんかぞく）です。 2．22歳（さい）です。 3．日本（にほん）に来（き）て8年（ねん）です。
聽解翻譯	F：你現在幾歲呢？ M：1．全家共有五個人。 2．二十二歲。 3．來日本八年了。
解　說	「今いくつ」問的是年齡，而回答年齡的只有選項2而已。
其他選項	1　這是針對「何人家族ですか（請問您家裡有幾個人呢）」或者是「ご家族は何人ですか（請問府上有多少人呢）」等等問題的回答。 3　這是針對「日本に何年住んでいるんですか（請問您在日本住多少年了呢）」或者是「日本での生活は何年ですか（請問您在日本生活多少年了呢）」等等問題的回答。

2

解　答	2
聽解內文	M：どこで写真（しゃしん）をとったのですか。 F：1．このレストランでとりたいです。 2．あのレストランです。 3．いいえ、とりません。

聽解翻譯 M：請問這是在哪裡拍的照片呢？

F：1．我想在這家餐廳拍照。

2．在那家餐廳。

3．不，我沒拍。

解　說 由於這裡問的是「どこで」，因此以回答地點的選項2最為適切。

其他選項

1　由詢問中提到的「とった」，可以知道照片已經拍了，而「とりたい」指的是對還沒有拍的照片表明希望拍攝的意思。

3　對於特殊疑問句，不能以「はい／いいえ」回答。

3

解　答 2

聽解內文 M：どの人が鈴木さんですか。

F：1．私の友だちです。

2．あの、青いシャツを着ている人です。

3．1年前に日本に来ました。

聽解翻譯 M：請問哪一位是鈴木先生呢？

F：1．是我的朋友。

2．那位穿著藍襯衫的人。

3．在一年前來到了日本。

解　說 由於問的是「どの人」，因此以能夠讓對方了解的選項2的說明最為適切。

其他選項

1　這個回答應該是接在比方「昨日、うちに鈴木さんが来ました（昨天，鈴木小姐來我家了）」「それは誰ですか（那個人是誰）」這樣的對話之後才合理。

3　這句話答非所問。

4

解　答 1

聽解內文 M：いちばん好きな色は何ですか。

F：1．黄色です。

2．青いのです。

3．赤い花です。

聽解翻譯 M：你最喜歡什麼顏色呢？

F：1．黃色。

2．是綠色的。

3．紅色的花。

解　說 由於對方問的是「色」，因此以回答「色」的選項1最為適切。

其他選項

2　由於「青いの」裡的「の」是某個名詞的代稱，因此應該用於比方「あなたの傘はどれですか（你的傘是哪一把呢）」這類詢問的回答。

3　「花」和詢問的主題無關。

5

解答 1

聽解內文

F：もう晩ご飯を食べましたか。

M：1. いいえ、まだです。

2. はい、まだです。

3. いいえ、食べました。

聽解翻譯

F：晚飯已經吃過了嗎？

M：1．不，還沒。

2．是的，還沒。

3．不，已經吃完了。

解說

由於女士說的是「もう＋肯定」的疑問句，因此她想問的是「晩ご飯を食べる（吃晚飯）」這件事是否已經完成了。如果已經完成該行為了，應該回答「はい、（もう）食べました（是的，我〈已經〉吃過了）」；假如尚未完成，則回答「いいえ、まだ食べていません（不，我還沒吃）」，或是以與後者語意相同的「いいえ、まだです（不，還沒）」回答。

其他選項

2　這句話是當被問到「晩ご飯はまだ食べていませんか（你還沒有吃晚餐嗎）」的時候，表示「はい、まだ食べていません（是的，我還沒吃）」的意思。

3　這句話同樣是當被問到「晩ご飯はまだ食べていませんか」的時候，表示「いいえ、もう食べました（不，我已經吃過了）」的意思。

關於選項2與3，在回答否定疑問句時，日文和英文的回答邏輯不同。由於日文首先以「はい」或「いいえ」回答對方所說的話是否正確，因此對於否定疑問句的回答，會以「はい＋否定文」或「いいえ＋肯定文」的形式出現。

6

解答 2

聽解內文

M：ご主人は何で会社に行きますか。

F：1. 1時間です。

2. 電車です。

3. 毎日です。

聽解翻譯

F：請問您先生是搭什麼交通工具去公司的呢？

M：1．一個小時。

2．搭電車。

3．每天。

解說

因為「なにで」問的是方式，因此以選項2為最適切的答案。

其他選項

1　對方問的不是時間。

3　對方問的不是頻率。

MEMO

解題本一
合格全攻略！新日檢6回全真模擬試題N5
【讀解・聽力・言語知識〈文字・語彙・文法〉】

2014年10月　初版

發行人● 林德勝

作者● 山田社日檢題庫小組・吉松由美・田中陽子・西村惠子・大山和佳子・吳冠儀

出版發行● 山田社文化事業有限公司
106台北市大安區安和路一段112巷17號7樓
Tel：02-2755-7622
Fax：02-2700-1887

郵政劃撥● 19867160號　大原文化事業有限公司

總經銷● 聯合發行股份有限公司
新北市新店區寶橋路235巷6弄6號2樓
Tel：02-2917-8022
Fax：02-2915-6275

印刷● 上鎰數位科技印刷有限公司

法律顧問● 林長振法律事務所　林長振律師

ISBN● 978-986-246-403-8

定價● 新台幣280元